하브루타 학습법으로 생각을 키우는

진 짜 진 짜

독서논술

4권

초등 2학년

SiSO
study

저자 박현창

한양대학교 국어교육과를 졸업하고 독서교육의 선구자인 박영목 교수님을 사사했습니다. 대학 졸업 무렵 은사의 권유로 국어 교재 연구에 뛰어들었고, 국어 교재 기획과 개발에서 영향력 있는 전문가로 활동하고 있습니다.

저서로는 〈기적의 독서논술〉 전 12권, 〈어휘 바탕 다지기〉 전 4권, 〈한자 어휘 바탕 다지기〉 전 4권, 〈퀴즈 천자문〉 2,3권, 〈퍼즐짱 한자박사〉가 있습니다.

재능한글, 재능국어 초중등 프로그램, 재능국어 읽기 학습 프로그램, 제6차 교육과정 고등학교 독서 교과 2종을 개발하였고, 중국 선전 KIS 국제학교 교사, 중국 선전 삼성 SDI 교육 자문 위원으로 활동했으며, 하브루타 창의인성 교육연구소 이사로 활동 중입니다.

저자 장성애

교육학을 연구하고 물음과 이야기가 있는 개념 있는 삶을 지향하는 하브루타 코칭과정을 개발했습니다. 독서, 학습, 토론, 상담, 머니십교육 등을 진행하며 마음샘 교육심리 연구소와 하브루타 창의인성 교육연구소 소장으로 활동 중입니다.

저서로는 〈영재들의 비밀습관 하브루타〉, 〈질문과 이야기가 있는 행복한 교실〉(공저), 〈엄마 질문공부〉가 있습니다. 유아부터 성인까지 다양한 학습자들을 만나면서 부모 교육과 교사 연수를 비롯해 각 교육 기관, 사회 기관, 기업 등에서 강의하고 있습니다.

진짜진짜 독서논술 4권 초등 2학년

초판 발행 2021년 01월 05일

초판 2쇄 2024년 01월 22일

글쓴이 박현창, 장성애

그린이 박정제, 이성희, 김유강

편집 김아영

기획 한동오

펴낸이 엄태상

디자인 이건화

마케팅 본부 이승욱, 왕성석, 노원준, 조성민, 이선민

경영기획 조성근, 최성훈, 김다미, 최수진, 오희연

물류 정종진, 윤덕현, 신승진, 구윤주

펴낸곳 시소스터디

주소 서울시 종로구 자하문로 300 시사빌딩

주문 및 문의 1588-1582

팩스 02-3671-0510

홈페이지 www.sisabooks.com/siso

네이버 카페 시소스터디공부클럽 cafe.naver.com/sisasiso

이메일 sisostudy@sisadream.com

등록일자 2019년 12월 21일

등록번호 제2019-000149호

ⓒ시소스터디 2020

ISBN 979-11-91244-02-1 63800

　우리 아이들이 이미 접어들었고 살아가야 할 세상을 흔히 지식정보화 사회, 지식혁명의 시대라고 합니다. 그래서 고도의 이해와 표현 능력, 논리적이고 창의적인 듣기 · 말하기 · 읽기 · 쓰기가 요구됩니다. 사회와 학교에서 국어 교육의 중요성을 새삼 인식하게 된 까닭이 여기에 있습니다. 논리적이고 창의적인 언어 사용이란 이치에 맞게 조리 있게 말과 글을 쓰는 것이고 나아가 이미 존재하고 있었으나 미처 깨닫지 못했던 이치를 발견해 내는 것입니다. 요약하면 지식과 지혜입니다. 지식이 아는 것이라면 지혜는 그 앎을 적용 또는 활용하는 것입니다. 이 시대는 지식에서 추출하고 정제한 지혜가 더욱 필요한 때입니다. 지혜로운 듣기 · 말하기 · 읽기 · 쓰기가 세상과 사람에 대한 근본 원리를 이해하는 데 값어치를 합니다.

　그러나 국어 교육이 여전히 지혜보다는 지식에 편중되어 있음이 참 안타깝습니다. 지식을 외고 저장하기에 정신없이 바쁩니다. 물론 지혜의 바탕은 지식입니다. 하지만 딱 지식에만 머물러 있어서 교육에 들이는 노력과 비용이 아깝기만 합니다.

　지향할 가치가 바뀌었으니 당연히 그것을 성취할 방법과 평가도 바뀌어야 합니다. 이전 세대에게 적용되었거나 써먹었던 가치, 방법과 평가가 주는 익숙함의 관성을 탈피해야 합니다.

　논리적이고 창의적인 사고력은 사실 아이들이 어른들보다 훨씬 낫습니다. 서너 살 먹은 아이들을 보세요. 무엇인가 끊임없이 묻고 이해하려 듭니다. 그리고 시인의 감수성에 버금가게 감동적으로 표현합니다. 다만 어른들이 이해하지 못하고 받아들이기 껄끄러워할 뿐입니다. 어른들의 생각맞춤법에 어긋난다고 하여 얕잡아보고 무시해 왔지만 철학은 언제나 그들의 논리와 창의가, 지식과 지혜가 마땅하고 새삼 놀랍다고 증명합니다.

　그래서 해결책은 의외로 뻔하고 쉽습니다. 아이들에게 마음껏 의견을 내놓고 따지고 판단하는 토론의 멍석을 깔아주는 것입니다. 여기에 딱 한 가지 '고도'의 기술이 필요하기는 합니다. 아이들의 듣기 · 말하기 · 읽기 · 쓰기와 이를 바탕으로 한 토론에 그저 토닥토닥 격려하고 긍정의 추임새를 넣어주며 존중해 주는 것입니다. 그래서 이 책을 내놓습니다.

저자 **박현창**

3

1 진짜진짜 독서논술은 어떤 책인가요?

질문과 대화, 토론과 논쟁을 통해 창의적으로 답을 찾는 하브루타 학습법을 도입한 독서논술 학습서예요. 주어진 논쟁거리에 자유롭게 묻고 답하며 생각을 마음껏 키울 수 있어요. 더불어 읽기와 쓰기, 어휘 문제를 풀면서 국어력도 키워 줘요.
진짜진짜 독서논술은 언어 능력을 개선해서 사고력과 창의력을 키워 말과 글로 자기 생각을 표현할 수 있는 능력을 기르는 학습서예요.

2 하브루타 학습법이 무엇인가요?

하브루타는 짝을 지어 서로 질문을 주고받으며 공부한 것에 대해 논쟁하는 유대인의 전통적인 토론 교육 방법이에요.
정해진 답을 찾는 게 아니라 쟁점에 대해 다양한 생각과 시각을 나누는 창의적인 학습법이죠. 질문을 주고받는 과정에서 자신이 아는 것과 모르는 것을 인지해서 부족한 점을 보완하는 메타인지 능력도 키울 수 있어요.
하브루타 학습법은 사고력을 기르는 데 적합한 공부 방식으로, 우리 책은 토마토 모양에 하브루타식 질문을 담았어요.

3 왜 토마토 모양에 하브루타식 질문을 넣었나요?

토마토는 '토닥토닥 마음껏 토론하기'를 줄인 말이에요. 하브루타 토론을 마음껏 해 보기를 바라는 마음을 담은 표현이지요. 질문은 다섯 가지 유형으로 나눠지는데, 이 유형은 바로 사고력을 다섯 가지로 구분한 거예요. 사고력의 다섯 가지 유형은 다음과 같아요.

| 사실적 이해 | 추론적 이해 | 비판적 이해 | 창의적 이해 | 논리적 이해 |

토닥토닥 마음껏 토론해 봐

4 사고력의 다섯 가지 유형을 소개합니다.

사실적 이해
읽은 내용을 사실 그대로 이해하고 표현하는 것

사실

2 할멈이 먼저 소원을 말했으니 할아범의 소원은 자동적으로 이루어질 거예요. 할아범에게 이루어지는 소원은 무엇인지 써 보세요.

저를 지옥에 보내 주세요.

추론적 이해
직접 드러나지 않은 내용이나 생략된 부분을 이해하고 표현하는 것

추론

1 맹공 선비의 의견에 고 씨와 최 씨가 기가 막힌 이유는 무엇인지 써 보세요.

기가 막혀! 저는 아들만 셋이라고요.
최 씨

코가 막혀! 저는 아들만 둘이라고요.
고 씨

그러니까
최 씨   고 씨

비판적 이해
일정한 기준에 따라 옳고 그름, 좋고 나쁨을 가치 판단하는 것

비판

2 세 왕자가 도둑이라고 주장하는 상인의 말이 증거가 될 수 있을까요? 자신의 생각에 동그라미 치고 이유를 말해 보세요.

증거가 될 수 있어!

낙타가 버터와 설탕까지 실은 걸 알고 있는 게 도둑이라는 증거야!

증거가 될 수 없어!

논리적 이해
원인과 결과를 논리적인 규칙과 형식에 맞게 이해하고 표현하는 것

논리

4 할멈의 소원은 이루어졌을까요, 이루어지지 않았을까요? 자신의 의견만큼 색칠해 보세요.

이루어지지 않았다   이루어졌다
서른 살 젊은 남자와 살고 싶어요.

창의적 이해
읽은 내용을 바탕으로 상황과 조건에 맞게 생각을 창조하고 표현하는 것

창의

2 도토리를 줄여야 한다는 말을 원숭이들에게 어떻게 말해 주는 게 좋을까요? 말풍선에 써 보세요.

얘들아,

5 무엇을 읽고 문제를 푸나요?

읽는 건 정말 중요해요. 하지만 **무엇을** 읽는지는 더 중요해요. 선별되지 않은 글을 마구잡이로 읽으면 오히려 **독해력**을 기르는 데 방해가 되죠.

진짜진짜 독서논술은 오랫동안 읽혀 충분히 검증된 글감을 선택했어요. 또한 어린이 연령에 맞게 새롭게 각색해서 재미있게 술술 읽을 수 있어요.

6 어떤 글감을 골랐나요?

2015개정 교육과정은 창의융합형 인재가 갖춰야 할 여섯 가지 핵심역량을 제시했어요. **자기관리 역량, 지식정보처리 역량, 창의적 사고 역량, 심미적 감성 역량, 의사소통 역량, 공동체 역량**이에요.

진짜진짜 독서논술은 이 핵심역량을 기르는 데 적합한 글감을 선별했어요. 창의융합형 인재로 성장하는 데 필요한 스스로 활동에 참여하고 주제를 탐구할 수 있는 글감을 골랐어요.

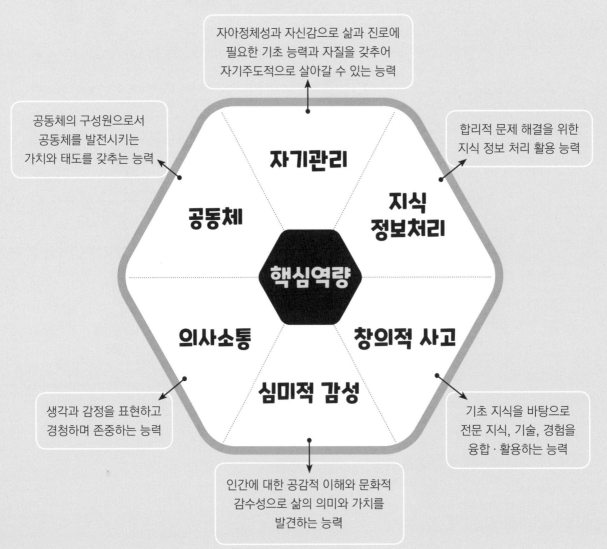

자아정체성과 자신감으로 삶과 진로에 필요한 기초 능력과 자질을 갖추어 자기주도적으로 살아갈 수 있는 능력

공동체의 구성원으로서 공동체를 발전시키는 가치와 태도를 갖추는 능력

합리적 문제 해결을 위한 지식 정보 처리 활용 능력

자기관리

공동체

지식 정보처리

핵심역량

의사소통

창의적 사고

심미적 감성

생각과 감정을 표현하고 경청하며 존중하는 능력

기초 지식을 바탕으로 전문 지식, 기술, 경험을 융합·활용하는 능력

인간에 대한 공감적 이해와 문화적 감수성으로 삶의 의미와 가치를 발견하는 능력

7 학습을 이끌어가는 캐릭터와 활동지를 소개합니다.

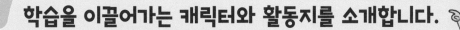

진짜진짜 독서논술은 창의융합형 학습을 주도적으로 해낼 수 있는 학습서예요. 학습이 어렵지 않도록 도움을 주는 캐릭터가 등장해요. 친근하고 재미있는 캐릭터를 따라가면서 즐겁게 학습할 수 있어요. 문제 해결에 도움을 주는 활동지도 있어요. 활동지를 적극적으로 활용하면서 학습에 도움을 받을 수 있어요.

가라사대왕

이야기나라를 다스리는 가라사대왕은 너무 바빠요. 그래서 사건을 해결해 줄 어린이를 찾아 가리사니로 임명하지요. 가리사니는 사물을 판단하는 힘이나 능력을 뜻해요. 우리 친구들이 가리사니가 되어 이야기나라의 문제를 해결해 보는 거예요.

뿌토

학습을 도와줄 친구도 있어요. 눈도 크고 귀도 커서 보고 들은 것이 많은 똑똑한 뿌토예요. 뿌토가 문제와 활동마다 등장해서 도움을 줄 거예요.

요지경

이야기의 줄거리를 미리 그림으로 살펴보는 활동지예요. 재미있는 그림을 보여주는 요지경 장난감처럼 진짜진짜 독서논술의 요지경도 즐거움이 가득해요. 직접 요지경을 만들고 재미있게 살펴보세요.

요지카

이야기에서 다룬 어휘를 선별해서 모아 놓은 낱말 카드예요. 요지카의 어휘는 **서울대 국어 연구소**에서 제시한 **등급별 국어 교육용 어휘**에서 선별했어요. 난이도에 따라 별등급을 매겨 놓았어요.

우리 책의 구성을 소개합니다.

읽기 전 활동

준비하기

이야기를 이해하기 위해 배경지식을 확인하며 이야기에 대한 호기심을 높이는 활동

훑어보기

이야기에 나오는 그림을 먼저 보고 내용을 상상해 보면서 이해를 높이는 활동

읽기 활동

들어보기

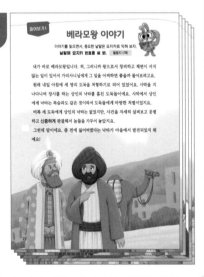

주제를 생각하며 이야기를 직접 읽는 독해 활동

따져보기

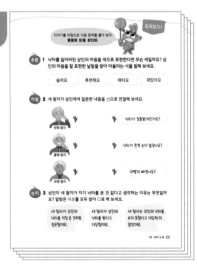

사고력을 기르는 하브루타식 문제를 풀어보며 토론해 보는 활동

- **읽기 전 활동:** 내용을 짐작하고 관련 정보와 사전 지식을 검토해 보는 활동
- **읽기 활동:** 이야기를 읽고, 문제를 풀며 사고력을 높이는 활동
- **읽은 후 활동:** 이야기를 창의적, 논리적으로 해석하며 생각을 키우는 활동

읽은 후 활동

간추리기

내용을 잘 이해하고 기억하는지 확인하는 활동

짚어보기

창의융합형 활동으로 창의력을 기르는 활동

보고하기

이야기의 주제를 창의적으로 해석해서 글로 표현하는 쓰기 활동

어휘다지기

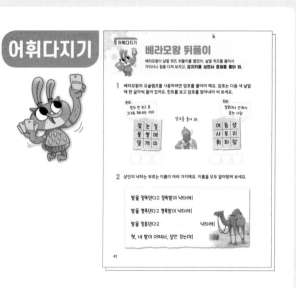

주요 어휘와 낱말을 문제로 풀면서 익히는 어휘 활동

3권과 4권의 커리큘럼을 소개합니다.

권	장	제목	핵심역량	키워드	글감	관련 교과
3	1	일곱 친구의 자기 자랑	자기관리	자신감, 책임감	규중칠우쟁론기	• [국어 4학년 2학기] 의견이 드러나게 글을 써요 • [국어 2학년 1학기] 의견이 있어요 • [실과 5학년] 나의 자립적인 의생활
	2	토마토 재판	지식정보 처리	문제해결력, 판단력	닉스와 헤든 재판 이야기	• [국어 2학년 1학기] 친구들에게 알려요 • [사회 5학년 1학기] 우리 경제의 성장과 발전 • [사회 6학년 2학기] 사회 질서를 지키는 법원
	3	일꾼과 주인	심미적 감성	공평, 자비	성경	• [국어 2학년 1학기] 마음을 전하는 편지 쓰기 • [국어 3학년 2학기] 작품 속 인물이 되어 • [사회 4학년 2학기] 필요한 것의 생산과 교환
	4	세상에서 가장 강한 것	지식정보 처리	합리성, 타당성	우리나라 옛이야기	• [국어 2학년 2학기] 간직하고 싶은 노래 • [국어 1학년 2학기] 소리와 모양을 흉내 내요 • [국어 3학년 2학기] 글의 흐름을 생각해요
4	1	낙타 도둑	의사소통	통찰력, 자기주도	페르시아 옛이야기	• [국어 2학년 2학기] 말의 재미를 찾아서 • [국어 2학년 1학기] 차례대로 말해요 • [국어 3학년 1학기] 일이 일어난 까닭
	2	옥구슬은 누구 것인가?	공동체	도리, 정의	탈무드 '당나귀와 다이아몬드' 각색	• [국어 4학년 1학기] 내가 만든 이야기 • [국어 2학년 2학기] 말의 재미를 찾아서 • [국어 1학년 2학기] 인물의 말과 행동을 상상해요
	3	욕심쟁이 할멈과 할아범	자기관리	욕심, 이기심	톨스토이 작품 '사람에게 땅은 얼마나 필요할까?' 각색	• [국어 4학년 2학기] 독서 감상문을 써요 • [겨울 2학년 2학기] 두근두근 세계 여행 • [국어 2학년 2학기] 실감 나게 표현해요
	4	아침에 셋 저녁에 넷	창의적 사고	발상의 전환	고사성어 '조삼모사'에 전해지는 이야기	• [국어 1학년 2학기] 겪은 일을 글로 써요 • [수학 1학년 1학기] 덧셈과 뺄셈 • [가을 2학년 2학기] 마음을 전해요

차례

 어?
라이브 방송 시간이다.
친구들이 많이 왔겠지?

나는 이야기나라의 가라사대왕이에요.
가리사니로 활동하는 멋진 친구들을 위해
라방에서 최고의 가리사니를 뽑을 거예요.
가리사니가 먼지 궁금하면 이야기를 끝까지
읽어 주세요. ♥

친구들, 이야기나라에 온 걸 환영해요.

최고의 "가리사니를 뽑아라"

12.35 / 35.00

 이야기나라? 모험과 신비가 가득한 나라 뭐 그런 데인가요?

 ㅋㅋㅋ그건 ○○월드잖아….

 어? 오늘 최고의 가리사니를 뽑는 건가요? 저도 가리사니로 활동했어요! 저 뽑아 주세요!

 가리사니가 뭔가요?

 가리사니는 불가사리랑 비슷한 거 아닌가요?

 앗, 고양이다. 너무 예뻐요.

 전 이번에 가리사니가 되었어요. 너무 기대되네요.

 짝짝! 응원합니다!

13

가리사니는 여기 이야기나라에서 벌어지는 문제들을 해결해 주는 우리 친구들을 말해요. 내가 다스리는 **이야기나라**는 재미있고 별난 일이 많은 곳이에요. 온갖 동물과 식물, 하늘, 땅, 바다, 심지어는 귀신과 도깨비도 어울려 살아가는 곳이니까요.

2장 옥구슬은 누구 것인가?

1장 낙타 도둑

3장 욕심쟁이 할멈과 할아범

4장 아침에 셋 저녁에 넷

하지만 말썽도 많고 따따부따 다툼도 많아요. 별난 물건, 엉뚱한 짐승, 남다른 이들이 모여 사니 그럴 수밖에요.

늘 그렇지만 문제가 생기면 모두들 나를 찾는답니다. 이게 무엇인지, 어떤 게 옳은지, 어느 게 진짜인지 가려 달라고 말이에요.

가리사니들이 도와주고 있지만 벅차고 힘들어요. 까다롭고
성가신 문제가 얼마나 많은데요!

그래서 여러분도 가리사니가 되어서 나를 도와주었으면
해요. **가리사니**라는 말은 사물을 판단하는 힘이나 능력을
뜻하는 순우리말에서 따왔어요. 벌써 많은 가리사니들
이 들어와 애쓰고 있어요.

어렵지 않냐고요? 걱정하지 마세요. **뿌토**가 여러
분을 도와줄 거예요.

○ ○ ○을
가리사니로
임명합니다.

안녕, 내가 바로 '뿌토'야.

부엉이처럼 큰 눈에, 토끼같이 귀가 크지? 그래서 처음에 이름이 '부토'였는데, 친구들이 장난스럽게 부르다 보니 **뿌토**가 되었어. 나는 눈과 귀가 커서 그런지 눈썰미도 좋고 잘 들어서 아는 것도 엄청 많아. 내가 가리사니들이 무엇을 따져 봐야 할지 콕콕 짚어 줄게.

가리사니가 되면 요지경과 요지카를 선물로 받을 수 있어. 재미있겠지? 그러니까 나만 믿고 잘 따라와!

요지경은 앞으로 만나게 될 이야기를 그림으로 먼저 보여 주는 요술 거울 같은 거야.

요지카는 중요한 낱말을 익히는 데 도움을 주는 요술 낱말 카드 같은 거야.

1장

낙타 도둑

베라모왕이 세렌디프의 세 왕자를 낙타 도둑으로 판결했는데 뭔가 잘못되었나 봐. **베라모왕이 무슨 잘못을 했는지 알아보고 문제를 해결해 봐.**

지혜로운

가라사대왕이 지혜를 시험하기 위해 문제를 내놓았네.
가장 지혜로운 답은 무엇인지 동그라미 쳐 봐.

바둑돌이 두 개 들어 있는 상자에서 하나를 집어내었어.
손에 쥐고 있는 돌이 검은 돌이라면 상자에 남은 돌은 무엇일까?

틀림없이 흰 돌이죠!

당연히 검은 돌이죠!

알 수 없어요!

바둑돌이 세 개 들어 있는 상자에서 두 개를 집어내었어. 상자에 남은 돌이 회색 돌이라면, 내 손에 쥔 돌은 무엇일까?

검은 돌과 흰 돌이요!

그건 알 수 없어요!

회색 바둑돌이 어디 있어요?

첫 번째 요지경

가라사대왕이 이야기나라의 보물, 요지경을 선물로 주었어.
요지경을 보면서 무슨 일이 벌어졌는지 짐작해 보자.

 먼저, 전개도를 이용해서 요지경을 직접 만들어 보자. 활동지 1~4쪽

 요지경에 있는 그림을 요리조리 살펴보자.

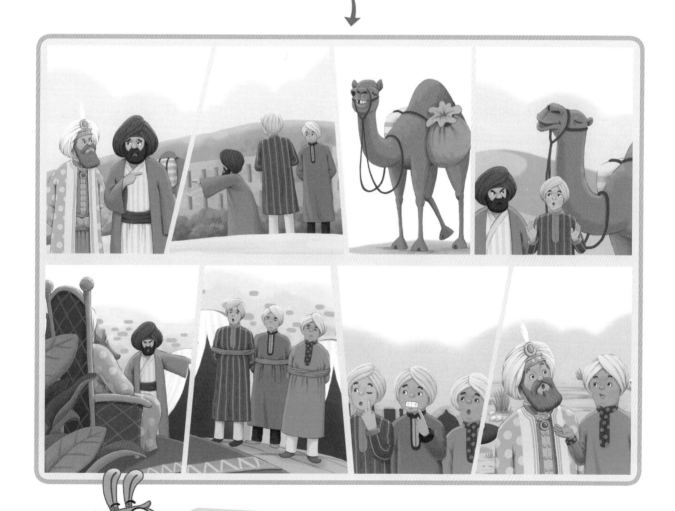

짐작되지 않거나
궁금한 그림에는 동그라미!

베라모왕 이야기

이야기를 읽으면서, 중요한 낱말은 요지카로 익혀 보자.

낱말에 요지카 번호를 써 봐. 활동지 17쪽

내가 바로 베라모왕입니다. 허, 그러니까 왕으로서 창피하고 체면이 서지 않는 일이 있어서 가리사니님에게 그 일을 어찌하면 좋을까 물어보려고요.

원래 내일 아침에 세 명의 도둑을 처형하기로 되어 있었어요. 사막을 지나다니며 장사를 하는 상인의 낙타를 훔친 도둑들이에요. 사막에서 상인에게 낙타는 목숨과도 같은 것이라서 도둑들에게 마땅한 처벌이었지요.

비록 세 도둑에게 상인의 낙타는 없었지만, 사건을 자세히 살펴보고 공평하고 **신중하게** 판결해서 놈들을 가두어 놓았지요.

그런데 말이에요. 좀 전에 잃어버렸다는 낙타가 마을에서 발견되었지 뭐예요!

22

그러니까 나는 엉뚱한 판결을 내린 왕이 되어 버린 것이지요. 백성들이 속으로 뭐라고 하겠어요? 왕으로서 체면이 말이 아니지요. 게다가 알고 보니 이 젊은이들은 이웃 나라 세렌디프의 왕자들이더라고요. 하마터면 **애꿎은** 왕자들을 죽일 뻔했고, 이웃 나라와 전쟁이 날 판이었지요. 이것 참, 부끄러워서!

하지만 분명 그때 상인과 세 왕자의 이야기로 미루어 보면 세 왕자가 도둑이라고 생각할 수밖에 없었다니까요. 누가 봐도 틀림없다고 했을 거예요.

사건은 세 왕자가 내 왕국에 들어온 지 얼마 되지 않았을 때 일어났어요. 세 왕자가 낙타를 잃어버려서 찾아다니던 상인과 마주쳤어요. 바로 세 왕자를 낙타 도둑으로 신고한 상인 말이에요.

상인은 세 왕자에게 혹시 주인이 없는 낙타를 보지 못했냐고 물었어요.

세 왕자는 한참 길을 살펴보더니 상인에게 차례대로 질문했어요.

첫째 왕자가 물었어요.

"그 낙타가 한쪽 눈이 멀었나요?"

상인은 맞다고 대답했어요.

둘째 왕자가 물었어요.

"이빨이 빠졌나요?"

상인은 또 맞다고 대답했어요.

이번에는 셋째 왕자가 물었어요.

"오른쪽 뒷다리를 저는 **절름발이**인가요?"

상인은 이번에도 맞다고 대답했어요.

상인은 모두 자기 낙타의 생김새와 꼭

맞아떨어지는 질문이라서 기뻤어요. 세 왕자가 자기 낙타를 본 것

같아서요. 상인은 낙타를 곧 되찾을 수 있을 것 같았어요.

이야기를 바탕으로 다음 문제를 풀어 보자.
물음에 답을 찾아봐.

 1 낙타를 잃어버린 상인의 마음을 색으로 표현한다면 무슨 색일까요? 상인의 마음을 잘 표현한 낱말을 찾아 어울리는 색을 칠해 보세요.

| 슬퍼요 | 후련해요 | 애타요 | 재밌어요 |

 2 세 왕자가 상인에게 질문한 내용을 선으로 연결해 보세요.

첫째 왕자

둘째 왕자

셋째 왕자

낙타가 절름발이인가요?

낙타가 한쪽 눈이 멀었나요?

이빨이 빠졌나요?

 3 상인이 세 왕자가 자기 낙타를 본 것 같다고 생각하는 이유는 무엇일까요? 알맞은 이유를 모두 찾아 ○표 해 보세요.

세 왕자가 상인의 낙타를 직접 본 것처럼 질문했어요.

세 왕자가 상인의 낙타를 봤다고 대답했어요.

세 왕자는 상인의 낙타를 보지 못했다고 대답하지 않았어요.

세 왕자는 친절하게 말했어요.

"틀림없이 저기 서쪽으로 갔을 테니 얼른 쫓아가 보세요."

상인은 **부랴부랴** 낙타를 뒤쫓아 갔어요. 하지만 낙타를 찾을 수가 없었답니다. 허탕 친 상인은 길을 되돌아와서 세 왕자에게 따졌어요. 낙타를 본 것이 맞느냐고요. 상인은 세 왕자가 거짓말한 거 같아 의심이 들었어요.

그러자 첫째 왕자가 태연하게 되물었어요.

"한쪽에는 버터, 다른 한쪽에는 설탕을 실은 낙타가 아니었나요?"

저런, 버터와 설탕은 바로 상인의 낙타가 실은 물건들이었어요. 상인은 세 왕자가 자기 낙타를 훔쳐서 감춰 둔 게 틀림없다는 생각이 들었어요. 그러지 않고는 자기의 낙타를 그렇게 잘 알 수 없으니까요. 상인은 세 왕자가 훔친 낙타를 숨겨 놓고는 일부러 엉뚱한 방향을 알려 주었다고 생각했어요.

그래서 상인은 세 왕자가 도둑이라고 신고했고, 내가 재판을 하게 된 거예요.

26

이야기를 바탕으로 다음 문제를 풀어 보자.
물음에 답을 찾아봐.

 창의 **1** 상인처럼 무엇인가를 잃어버린 경험을 떠올려 보세요. 잃어버린 것들 중에서 가장 소중하게 여긴 것은 무엇인지 써 보세요.

소중한 낙타를 잃어 버렸어요. 낙타가 없으면 장사를 할 수 없어요.

 논리 **2** 상인이 세 왕자를 도둑으로 신고한 이유는 무엇일까요? 이유로 알맞은 내용을 모두 찾아 동그라미 쳐 보세요.

- 세 왕자가 상인의 낙타를 너무 잘 알고 있어요.
- 세 왕자가 알려 준 방향으로 뒤쫓아 갔지만 낙타를 찾을 수 없었어요.
- 세 왕자가 거짓말한 거 같아 의심이 들었어요.

 비판 **3** 세 왕자를 도둑으로 신고한 상인의 행동을 어떻게 생각하나요? 자신의 의견에 동그라미 치고 이유를 말해 보세요.

당연해요!

이상해요…

못마땅해요!

　세 왕자는 **한사코** 낙타를 훔치지 않았다고 했어요. 훔치기는커녕 낙타를 본 적도 없다고 했지요. 그러고는 오히려 상인에게 자신들이 낙타를 훔쳤다는 증거를 대라고 했어요.

　하지만 상인은 세 왕자가 낙타를 보지도 않았다는 건 거짓말이라며 믿지 않았어요. 보지도 않았는데 낙타의 생김새를 그렇게 정확하게 알고 있을 수 없다고 했지요. 게다가 낙타가 버터와 설탕을 실은 것까지 알고 있는 걸 보면 증거가 충분하다고 했어요.

　나도 상인의 주장이 옳다고 생각했어요. 세 왕자는 상인의 낙타가 어떻게 생겼는지 기가 막히게 맞혔잖아요. 낙타를 보지도 못했다는 말은 믿기 어려웠어요. 그러니까 세 왕자가 상인의 낙타를 훔친 게 분명하지 않겠어요? 그래서 내일 아침에 처형하기로 하고 세 왕자를 가두어 놓았던 거죠. 그런데 해 질 무렵에 상인이 머물던 마을에 낙타가 나타났지 뭐예요. 제 발로 걸어왔대요. 당연히 세 왕자는 곧바로 풀어주었죠.

이야기를 바탕으로 다음 문제를 풀어 보자.
물음에 답을 찾아봐.

 1 낙타를 본 적도 없다는 세 왕자의 말은 믿을 만한가요? 자신의 의견에 동그라미 쳐 보세요.

믿을 만해   모르겠어   믿지 못해

보지 않아도 알 수 있는 것들이 있어.

믿어야 할지 믿지 말아야 할지 모르겠어.

보지 않았으면 알 수 없어.

 2 세 왕자가 도둑이라고 주장하는 상인의 말이 증거가 될 수 있을까요? 자신의 생각에 동그라미 치고 이유를 말해 보세요.

증거가 될 수 있어!

낙타가 버터와 설탕까지 실은 걸 알고 있는 게 도둑이라는 증거야!

증거가 될 수 없어!

 3 다음은 베라모왕이 세 왕자를 도둑으로 판단하는 과정이에요. 맞는 과정에는 ○표, 틀린 과정에는 X표 해 보세요.

| 세 왕자의 말은 믿기 어렵다. | 그래서 | 세 왕자의 말은 거짓이다. | ○ X |

| 세 왕자의 말은 거짓이다. | 그러므로 | 세 왕자가 도둑이다. | ○ X |

나는 미안하기도 하고 궁금하기도 해서 세 왕자에게 물었어요. 도대체 보지도 않은 낙타를 어떻게 그리 잘 알 수 있었느냐고요.

뭐라고 대답한 줄 아세요?

"길가의 풀을 보고 알았습니다. 낙타가 잘 먹는 풀이 길 양쪽에 나 있었는데 이상하게도 한쪽 풀만 뜯어 먹었더라고요."

첫째 왕자가 낙타의 한쪽 눈이 멀었을 거라고 짐작한 까닭을 말하더군요.

"길에는 씹다가 만 풀 덩이가 떨어져 있었는데요, 꼭 낙타 이빨만 한 크기였어요. 그러니까 풀 덩이는 낙타의 이빨 틈새에서 **빠진** 것이 틀림없죠."

둘째 왕자는 낙타의 이빨이 **빠졌을** 거라고 생각한 이유를 말했어요.

"서쪽으로 향해 나 있는 낙타의 발자국을 살펴보았어요. 모두 **멀쩡한데** 오른쪽 뒷발 부분만 모래에 쓸린 자국이 있었어요. 낙타는 오른쪽 뒷발이 불편했을 거예요."

셋째 왕자는 낙타가 절름발이일 거라고 짐작한 이유를 말했어요.

이야기를 바탕으로 다음 문제를 풀어 보자.
물음에 답을 찾아봐.

 1 베라모왕이 세 왕자에게 미안한 점은 무엇이고, 궁금한 점은 무엇일까요? 선으로 연결해 보고, 빈칸에 들어갈 낱말을 써 보세요.

미안한 것 ▲

▲ 보지도 않은 _____ (을)를 어떻게 본 것처럼 잘 알까?

궁금한 것 ▲

▲ 세 왕자를 _____ (으)로 몰아 죽이려고 했어요.

 2 첫째 왕자의 짐작이 맞다고 생각하나요? 맞다고 생각하는 만큼 점수를 매겨 보세요. (점수는 1~5점까지 줄 수 있어요.)

"낙타가 잘 먹는 풀이 길 양쪽에 나 있었는데 한쪽 풀만 뜯어 먹었더라고요. 그래서 한쪽 눈이 멀었을 거라고 짐작했어요."

점수

 3 세 왕자의 대답을 들으면서 궁금한 점이나 이상한 점을 질문으로 만들어 보세요.

낙타가 한쪽 풀만 먹은 게 다른 이유가 있지는 않을까요?

세 왕자의 **눈썰미**가 대단하다고 생각했어요. 그래서 낙타가 설탕과 버터를 싣고 있었다는 것은 또 어떻게 알아냈냐고 물어보았지요.

"길 양옆에 개미 떼와 파리 떼가 꼬여 있었어요. 살펴보니 개미는 설탕을 나르고 있었고, 파리는 버터 부스러기에 들러붙어 있었어요. 낙타의 등짐에서 떨어진 것이라고 쉽게 알아낼 수 있었지요."

셋째 왕자가 이렇게 말하는 게 아니겠어요! 참 대단한 왕자들이잖아요?

어쨌든 그렇게 해서 사건은 해결되었는데 한 가지 문제가 남았어요. 내가 상인의 말이 옳다고 여겨 세 왕자를 도둑으로 판결한 것 말이에요. 엉뚱한 판결로 **생사람** 잡을 뻔했잖아요. 겉으로 티를 내지는 않았지만 백성들 보기에 창피해 죽겠어요. 뭐, 그때는 그렇게 판결할 수밖에 없었다는 생각도 들지만 잘 모르겠어요. 도대체 내 판결이 왜 잘못된 걸까요? 내 판단이 잘못된 이유를 알려 주세요.

이야기를 바탕으로 다음 문제를 풀어 보자.
물음에 답을 찾아봐.

 1 세 왕자처럼 관찰력을 길러 볼까요? 두 그림에서 다른 부분을 찾아 동그라미 쳐 보세요.

 2 베라모왕은 세 왕자가 참 대단하다고 생각해요. 세 왕자의 대단한 점을 생각해서 써 보세요.

눈썰미가 대단해!

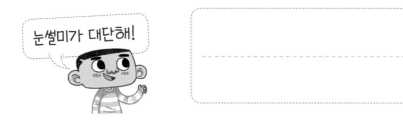

대단해!

 3 사건은 해결되고 낙타는 돌아왔는데, 베라모왕은 문제가 남았다고 해요. 문제라고 생각하는 내용에 모두 동그라미 치고 이유를 말해 보세요.

🌵 세 왕자를 도둑으로 판결한 게 창피해서 문제예요. ☐

🌵 판결이 잘못된 이유를 모르는 게 문제예요. ☐

🌵 엉뚱한 판결로 생사람을 잡을 뻔한 게 문제예요. ☐

아브라카다브라

베라모왕의 보물 요술램프가 이야기를 보여 주고 있어.
이야기 순서에 맞게 그림 스티커를 붙여 봐.

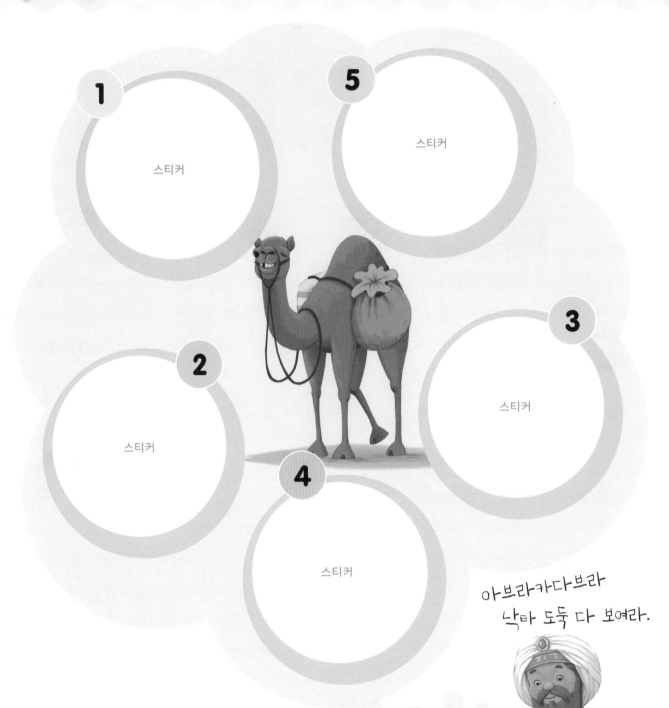

1
스티커

5
스티커

2
스티커

3
스티커

4
스티커

아브라카다브라
낙타 도둑 다 보여라.

눈썰미 왕자들

세 왕자는 길에서 본 것들을 통해 상인의 낙타에 대해 미루어 짐작했어.
길에서 본 것과 짐작한 것을 알맞게 선으로 이어 봐!

낙타 문서

상인이 세 왕자에게 잃어버렸던 낙타를 선물로 주면서 문서를
작성했어. **문서에 들어갈 내용을 글과 그림으로 채워 봐.**

낙타 이름:

- -

생김새:

주는 이 - - - - - - - - - - - - - - - - 　　　받는 이 - - - - - - - - - - - - - - - - -

이 낙타를
줄 테니 잘못을
용서해 주세요.

어떻게
생겼더라?

이름은 뭘로
할까?

낙타에게 묻다

낙타에게 궁금한 걸 물어보았어. 낙타가 뭐라고 답했을까?
낙타의 답변을 생각해서 써 봐.

한쪽 눈은 어쩌다 멀었어?

그게 말이지…

이빨은 왜 빠진 거야?

응, 그건…

뒷다리는 왜 절게 된 거니?

음, 그거 말이지…

왜 혼자 돌아다녔던 거니?

그 까닭은…

유죄? 무죄?

베라모 왕국의 백성들이 누가 죄가 있는지 투표한다면 결과가 어떻게 나올까? **유죄, 무죄를 따져서 투표 도장 스티커를 붙여 봐.**

죄가 있으면 유죄!   죄가 없으면 무죄!

엉뚱한 판결을 했지만 그때는 당연한 거였어! 그리고 나는 왕인데?

유죄	무죄
스티커	스티커

죄 없는 사람을 도둑으로 신고했지만 누구라도 그렇게 생각했을걸!

유죄	무죄
스티커	스티커

나 때문에 일어난 일이라고? 나는 그냥 가던 길 갔을 뿐인데?

유죄	무죄
스티커	스티커

좀 잘난 체한 것 같기는 한데… 보이는 대로 말하고 똑똑한 것도 죄야?

유죄	무죄
스티커	스티커

어떻게 찾지

세 왕자는 낙타를 찾아낼 방법을 알고 있었다고 해. **어떻게 낙타를 찾아낼 수 있을지 생각해 보고 그림으로 그리거나 글로 써 봐.**

힌트는 요거!

정말 그러네!

공주의 퀴즈

베라모왕에게도 똑똑한 공주가 있었는데, 공주가 세 왕자에게 문제를 냈어. **똑똑한 왕자들이 뭐라고 답했을지 이유와 함께 써 봐.**

나에게도 똑똑한 공주가 있지
왕자들이 문제를 풀 수 있는지 보자.

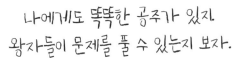

뚤이는 어제 늦잠을 자서 학교에 지각했어요.
뚤이는 오늘도 늦잠을 자서 학교에 지각했어요.
뚤이는 내일도 지각할까요?

1

당연히 지각해요!
뚤이는 지각 대장이니까
내일도 학교에
늦을 거예요.

2

당연히 지각하지 않아요!
두 번이나 지각했으니
반성하고 내일은
학교에 늦지 않을 거예요.

3

당연히 지각을 할지
안 할지 모르죠!
내일 일을 어떻게
알 수 있겠어요!

(   )번이 답이에요. 왜냐하면

때문이에요.

판결문

베라모왕은 자신의 판결이 잘못된 이유를 모르겠다고 해.
네가 직접 제대로 판결해 보고 판결문을 써 봐.

어떤 사건인지
설명하는 거야.

| 사건 개요 (설명) | 상인이 낙타를 잃어버렸는데, 세 왕자를 낙타 도둑으로 신고했습니다. |

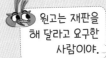
원고는 재판을
해 달라고 요구한
사람이야.

| 원고의 주장 | 상인: 세 왕자는 마치 낙타를 본 것처럼 자세하게 알고 있었어요. 낙타 도둑이 분명해요. |

피고는 죄가 있다고
여겨지는 사람이야.

| 피고의 주장 | 세 왕자: 우리는 낙타를 훔치지 않았어요. 우리가 훔쳤다는 증거가 없어요. |

판결문

세 왕자가 죄가 있는지 없는지 판결하고,
죄가 있으면 어떤 벌을 받으면 좋을지 써 봐.

베라모왕 뒤풀이

베라모왕이 낱말 퀴즈 뒤풀이를 열었어. 낱말 퀴즈를 풀어서
가리사니 힘을 다져 보자고. **요지카를 보면서 문제를 풀어 봐.**

1 베라모왕의 요술램프를 사용하려면 암호를 풀어야 해요. 암호는 다음 세 낱말
에 한 글자씩 들어 있어요. 힌트를 보고 암호를 찾아내어 써 보세요.

힌트
한두 번 보고 곧
그대로 해내는 재주

곁	눈	질
물	썰	매
일	개	미

암호를 풀어 봐.

힌트
잘못이나 관계가
없는 사람

여	동	생
사	투	리
휘	파	람

2 상인의 낙타는 부르는 이름이 여러 가지예요. 이름을 모두 알아맞혀 보세요.

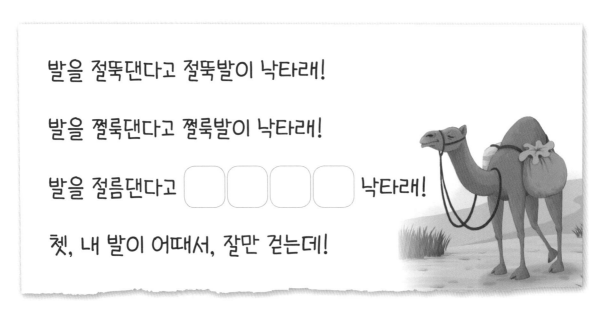

발을 절뚝댄다고 절뚝발이 낙타래!

발을 쩔룩댄다고 쩔룩발이 낙타래!

발을 절름댄다고 ☐☐☐☐ 낙타래!

쳇, 내 발이 어때서, 잘만 걷는데!

3 낱말을 '-게'로 끝나게 바꾸었어요. 게들이 중얼거리는 낱말 풀이를 보고 낱말을 써 보세요.

나를 먹으면 흠이나 탈이 없이 아주 온전해져, 멀쩡해지는 게지.

그래서

| | 쩡 | | 게 | 야!

나를 먹으면 매우 생각이 깊고 조심스러워져. 신중해지는 게지.

그래서

| 신 | | | 게 | 야!

나를 먹으면? 히히,아무런 잘못 없이 억울해져. 애꿎어지는 게지!

그래서

| | | 게 | 야!

이크, 이 게가 아니네.

4 저울이 글자 수가 많은 쪽으로 기울어졌어요. 저울에 어떤 낱말이 올려져 있는 걸까요? 알맞은 낱말을 요지카에서 찾아 빈칸에 써 보세요.

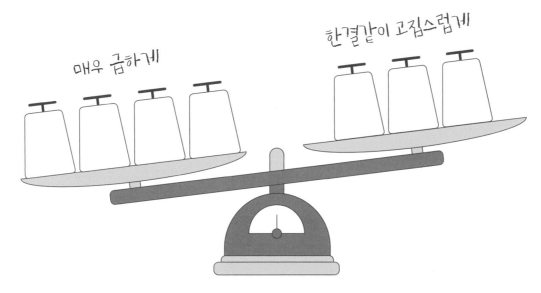

매우 급하게

한결같이 고집스럽게

2장

옥구슬은
누구 것인가?

당나귀를 사고팔았던 최 씨와 고 씨, 두 사람에게 답답하고 억울한 일이 있었나 봐. **최 씨와 고 씨 이야기를 들어 보고, 답답하고 억울한 일을 풀어 줘.**

헌책 속에

헌책방에서 헌책을 샀는데, 책보다 값비싼 상품권이 나왔어. **빈 곳에 이유를 쓰고, 누가 상품권을 가져야 할지 동그라미 쳐 봐.**

☆ **헌책방 주인**

내 헌책방에서 나온
상품권이니까 내 거야!

☆ **헌책을 산 사람**

내가 산 책에서 나온
상품권이니까 내 거야!

☆ **헌책을 헌책방에 판 사람**

두 번째 요지경

가라사대왕이 이야기나라의 보물, 요지경을 선물로 주었어.
요지경을 보면서 무슨 일이 벌어졌는지 짐작해 보자.

 먼저, 전개도를 이용해서 요지경을 직접 만들어 보자. 활동지 5~8쪽

 요지경에 있는 그림을 요리조리 살펴보자.

짐작되지 않거나
궁금한 그림에는 동그라미!

최 씨와 고 씨 이야기

이야기를 읽으면서, 중요한 낱말은 요지카로 익혀 보자.

낱말에 요지카 번호를 써 봐. 활동지 19쪽

최 씨

아이고, **볼기**가 아직도 얼얼해요. 하지만 저와 같이 얻어맞은 고 씨는 잘 걷지도 못해요.

고 씨

어떻게 이런 일이 다 있나요? 답답하고 억울해서 뵙자고 한 것입니다.

최 씨

저는 건넛마을에 사는 나무꾼 최 씨고요. 이 사람은 이 마을에 사는 농부 고 씨랍니다. 고 씨를 만난 건 지난 장날 장터에서였어요. 저는 장날이면 언제나 산에서 나무를 해다가 내다 팔았어요. 그런데 당나귀 한 마리가 있으면 더 많은 나뭇짐을 실어다 팔 수 있겠다 싶었어요. 그래서 지난 장날에는 나무를 해다 팔고 당나귀를 사러 돌아다녔지요. 그러다 마침 당나귀를 팔러 나온 고 씨를 만난 거예요.

48

고 씨

 끙, 맞아요. 저도 최 씨를 장에서 자주 보았어요. 최 씨에게 땔나무를 가끔 사기도 하고요. 최 씨가 제 당나귀가 마음에 든다고 하길래 에누리도 좀 해서 싸게 팔았어요.

최 씨

 예. 당나귀 녀석을 보자마자 이놈이구나 싶었지요. 목에 달린 방울도 귀여웠고요. 값도 싸게 쳐주어서 **단번에** 사 버렸지요.

 당나귀를 데리고 집으로 돌아왔어요. 아내도 아이들도 기뻐하더군요. 이제 산과 장터를 편하고 빠르게 오갈 수 있으니까 돈도 많이 벌 거라고요.

 이튿날 귀한 녀석이라고 아이들이 당나귀를 냇가로 데리고 가서 씻겨 주었나 봐요. 그런데 당나귀를 씻기다가 당나귀의 방울 안에서 귀한 옥구슬을 발견했지 뭐예요.

최 씨

아내는 옥구슬을 팔아서 가난한 나무꾼 신세를 벗어날 수 있게 되었다고
기뻐했어요. 아이들은 좋은 선생님을 만나 공부할 수 있게 되었다며 기대
하지 뭐예요.

저는요, 그럴 수 없다고 했지요. 옥구슬을 고 씨에게 돌려줘야 하니까요.
그러자 아내는 입이 뾰로통해서 따져 묻더군요.

"왜 돌려줘야 해요? 우리가 산 당나귀에서 나왔는데…!"

물론, 우리가 산 당나귀에서 나온 옥구슬이기는 하지만요, 우리는 당나
귀를 산 일은 있지만 옥구슬을 산 일은 없어요. 우리가 산 것만 갖는 게
도리라고 했지요.

뭐, 이렇게 해서 이 사람 고 씨에게 옥구슬을 돌려주
러 갔어요.

이야기를 바탕으로 다음 문제를 풀어 보자.
물음에 답을 찾아봐.

 1 아내는 옥구슬이 누구의 것이라고 생각하나요? 아내의 말을 이어서 쓸 수 있는 문장에 동그라미 치고 따라 써 보세요.

> "왜 돌려줘야 해요? 우리가 산 당나귀에서 나왔는데…
>
> "

- 당연히 옥구슬은 우리 것이에요! ☐

- 당연히 옥구슬은 당나귀 것이에요! ☐

- 당연히 옥구슬은 고 씨 것이에요! ☐

 2 최 씨가 옥구슬을 고 씨에게 돌려주려는 이유는 무엇일까요? 문장에 들어갈 알맞은 낱말을 써 보세요.

- 나는   만 샀지, 옥구슬은 사지 않았어요.

 3 최 씨와 최 씨의 아내 중에서 누구의 의견이 더 맞다고 생각하나요? 점수를 매겨 보세요. (점수는 1~10점까지 줄 수 있어요.)

고 씨

나 참, 그렇기는 한데요. 저는 최 씨와는 생각이 달라요. 저는 방울 속에 뭐가 들어 있는지 알지도 못했어요. 그러니까 제게 옥구슬은 처음부터 없었던 것이나 **마찬가지**예요. 게다가 최 씨에게 판 것은 방울을 달고 있는 당나귀잖아요. 방울은 당나귀에게 딸린 것이고 옥구슬은 방울에 딸린 것이잖아요. 그러니까 방울 속에 뭐가 들어 있든 모두 최 씨 것이지요. 옥구슬을 되돌려 받는 것은 옳지 않아요.

최 씨

그래서 저희는 옥구슬은 네 것이다, 아니다 네 것이 맞다 하면서 서로 **티격태격**했지요. 결국 누구의 주장이 맞는지 가릴 수 없자 다른 사람의 생각을 듣기로 했어요.

어떻게 했냐고요? 고 씨 마을에 사는 맹공 선비를 찾아갔어요.

이야기를 바탕으로 다음 문제를 풀어 보자.
물음에 답을 찾아봐.

 1 고 씨와 최 씨에게 있었던 일을 노랫말로 만들려고 해요. 빈칸에 알맞은 낱말을 써서 완성해 보고, 마음대로 음을 넣어서 불러 보세요.

🎵 팔았당~팔았당~나귀나귀

🎵 달랑~달랑~울린당~ 당나귀 목의

🎵 떼구루루 굴러 나왔당~ 방울 속의

 2 고 씨는 옥구슬이 최 씨 것이라고 해요. 고 씨의 주장을 옳다고 긍정하는 문장의 모자에는 노란색을, 옳지 않다고 부정하는 문장의 모자에는 검은색을 칠해 보세요.

고 씨의 주장

옥구슬은 최 씨 것이에요.

방울을 단 당나귀를 판 것이니 방울 속 옥구슬도 판 거예요.

당나귀를 팔고 받은 돈에 옥구슬 값은 없어요.

최 씨가 산 것은 당나귀지, 비싼 옥구슬이 아니에요.

최 씨가 말하지 않았다면 고 씨는 옥구슬이 있는 걸 몰랐을 거예요.

고 씨

예, 제가 맹공 선비에게 어떻게 하는 것이 마땅히 옳은 방법인지 물어보자고 했어요. 맹공 선비는 하는 것이라고는 공부뿐이라서 아는 게 많다고 들었거든요. 뭐, 마을에 지식이 많다고 알려진 선비라고는 그 사람 하나뿐이기는 하지만요. 옥구슬은 누구 것이냐, 돌려주는 것이 옳으냐, 받는 것이 옳으냐, 또 한바탕 맹공 선비 앞에서 이러쿵저러쿵했지요.

최 씨

그런데요, 맹공 선비도 어려운 문제인지 책도 뒤적이고 한참 머리를 굴리더라고요. 그러더니 이렇게 말하는 거예요.

"음, 나도 처음 듣는 어려운 문제이구먼! 하지만 내가 누군가, 맹공 선비 아닌가? 기막힌 방법이 있다네. 자네들 이렇게 하게나! 자네들 아들딸을 혼인시키게. 그리고 그 옥구슬을 그들에게 주게나. 그러면 자네들이 옥구슬을 같이 가지는 거 아닌가. 어떤가, 이게 바로 기막힌 방법이 아닌가? 하하하!"

이야기를 바탕으로 다음 문제를 풀어 보자.
물음에 답을 찾아봐.

 1 최 씨와 고 씨가 맹공 선비를 찾아간 이유를 설명해 볼까요? 순서에 맞게 문장에 번호를 써 보세요.

📖 그래서 어떻게 하는 게 마땅히 옳은 방법인지 알 거예요. ⬜

📖 맹공 선비는 공부를 많이 했어요. ⬜

📖 공부를 많이 해서 아는 게 많아요. ⬜

 2 맹공 선비가 제시한 방법을 다양한 입장으로 생각해 보았어요. 어울리는 입장에 선을 그어 주세요.

> **방법** 고 씨와 최 씨의 아들딸이 결혼해서 같이 옥구슬을 가지면 돼.

입장1 재미있을 거 같다. ✳ ✳ 긍정하는 입장

입장2 옥구슬을 사이좋게 함께 가지는 방법이다. ✳ ✳ 부정하는 입장

입장3 옥구슬을 팔아서 반반씩 나누는 방법이 있다. ✳ ✳ 느낌을 말하는 입장

입장4 아들딸이 결혼하기 싫을 수 있다. ✳ ✳ 다른 방법을 말하는 입장

최 씨

정말 기막힌 방법이라고요? 뭐, 정말 기가 꽉 막히기는 하더라고요!

고 씨

무슨 말이기는요. 글쎄 듣기에는 기가 막히게 좋은 생각이고 맞는 방법인 것 같기는 하지만요. 최 씨와 저는 모두 아들만 있거든요.

최 씨

에후, 저희는 그냥 머리를 도리도리 흔들고 나왔죠. 그럴듯해 보여도 **실속**이 없으니…. 이런 경우를 두고 **빛 좋은 개살구**라고 하죠.

고 씨

하는 수 없이 최 씨를 데리고 마을 원님을 찾아갔죠. 욕심쟁이에다 성질도 사납다고 소문이 나서 내키지 않았지만 다른 방법이 없더라고요.

따져보기4

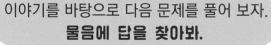

이야기를 바탕으로 다음 문제를 풀어 보자.
물음에 답을 찾아봐.

 1 맹공 선비의 의견에 고 씨와 최 씨가 기가 막힌 이유는 무엇인지 써 보세요.

기가 막혀! 저는
아들만 셋이라고요.

최 씨

코가 막혀! 저는
아들만 둘이라고요.

고 씨

그러니까

최 씨   고 씨

 2 맹공 선비가 그럴듯해 보이지만 실속이 없는 방법을 생각한 이유가 무엇일까요? 잘 설명한 문장에 모두 동그라미 쳐 보세요.

- 고 씨와 최 씨에 대해서 잘 알지 못해요.

- 공부만 해서 실제 생활을 잘 모르는 거 같아요.

- 너무 자신만만해서 신중하게 생각하지 못했어요.

- 자기 문제가 아니니까 대충 대답한 거 같아요.

 3 옥구슬은 누가 가져야 할까요? 이유와 함께 써 보세요.

최 씨

고 씨가 또 이러쿵저러쿵해서 왔으니 어떻게 하는 것이 도리에 맞는 거냐고 원님에게 여쭈었지요.

그랬더니 원님이 말했어요.

"거참, 옥구슬을 둘로 딱 나눠 가지면 될 게 아니냐. 그까짓 문제로 **이리** 귀찮게 하는 것이야!"

구슬을 둘로 나누면 상하지 않겠어요? 그래서 그것도 좋은 방법이 아니라고 했지요. 그랬더니 원님이 이러더군요.

"뭐, 뭐라? 그것도 좋은 방법이 아니다? 그럼 내가 좋은 방법이 무엇인지 가르쳐 주마. 서로 자기 것이 아니라고 하니, 여봐라, 저놈들 옥구슬을 빼앗아라! 그리고 나서 나를 귀찮게 한 값으로 볼기짝을 매우 쳐서 쫓아 버려라. 이게 옳은 방법이다!"

그래서 이 꼴이 된 거예요. 도대체 옳은 방법이 무엇일까요?

이야기를 바탕으로 다음 문제를 풀어 보자.
물음에 답을 찾아봐.

 1 원님의 생각대로 옥구슬을 둘로 나누면 어떻게 될까요? 그림으로 그려 보세요.

그럼, 구슬이 상할 텐데요…!

 2 원님이 고 씨와 최 씨의 볼기짝을 친 이유는 무엇일까요? 잘 설명한 문장의 번호를 쓰고 이유를 써 보세요.

① 감히 나를 성가시게 해서 때렸다!

② 옥구슬을 가지고 싶어서 때렸다!

③ 옳은 방법을 알려 주려고 때렸다!

 3 원님이 말한 옳은 방법이 맞다고 생각하나요? 자신의 생각을 말해 보세요.

누구도 가지려고 하지 않으니까 내가 갖는 게 옳은 방법이야.

나를 귀찮게 했으니까 빼앗는 게 옳은 방법이야.

옥구슬 이야기

당나귀 방울에서 나온 옥구슬을 두고 일어난 일이야.
일이 일어난 순서대로 빈칸에 알맞은 번호를 써 봐.

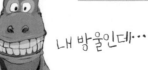

내 방울인데…

60

옥구슬 주인

이야기에 나오는 사람들은 누가 옥구슬의 주인이라고 생각했지?
사람들의 생각에 색칠해 봐.

최 씨

아내　아이들
고 씨　원님

고 씨

원님　최 씨
당나귀　원님

최 씨 아내

고 씨　우리
당나귀　원님

최 씨 아이들

고 씨　우리
당나귀　원님

맹공 선비

최 씨　고 씨
아이들　당나귀

원님

최 씨　고 씨
원님　당나귀

옳은 방법

옥구슬을 누가 가지는 것이 옳은 방법인지 따지고 있어. **이들의 방법이 맞는지 평가해 보고, 네 생각에** ✔표 해 봐.

나는 당나귀를 샀으니까 내가 산 것만 가지는 게 맞아!

☐ 마땅해
☐ 못마땅해
☐ 글쎄

방울 단 당나귀를 팔았으니까 옥구슬도 판 것이라고 생각하는 게 맞아!

☐ 마땅해
☐ 못마땅해
☐ 글쎄

네 것도 내 것도 아니라니까 자식들 것이 되는 게 맞아!

☐ 마땅해
☐ 못마땅해
☐ 글쎄

서로 자기 것이 아니라니까 내 것이 되는 게 맞아!

☐ 마땅해
☐ 못마땅해
☐ 글쎄

내 목에 달린 방울에서 나온 옥구슬인데… 나한테 먼저 물어봐야 옳은 방법 아니야?

☐ 마땅해
☐ 못마땅해
☐ 글쎄

옥구슬에게 물어봐

옥구슬에게 물어본다면 자기는 누구 것이라고 할까?
데굴데굴 굴러가서 옥구슬이 원하는 사람을 스티커로 붙여 봐.

누구한테
굴러갈까?

스티커

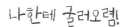

나한테 굴러오렴!

좋은 방법

맹공 선비가 옥구슬의 주인을 찾으려고 벽보를 썼어.
벽보에 어떤 내용이 들어가면 좋을지 글과 그림으로 꾸며 봐.

이렇게 하면

당나귀가 맹공 선비의 말을 들으면서 세 사람 다 참 바보 같다며 기가 막힌 방법을 생각했대. **당나귀를 인터뷰해서 방법을 알아내고 써 봐.**

두 사람 아들딸을 혼인시키고 그들에게 옥구슬을 주면 돼!

우린 모두 아들뿐인데! 맹공 선비야? 맹꽁이 선비야?

 당나귀야, 너한테 좋은 방법이 있다면서?

 히이이잉~ 내 말대로 하면 된다는 말이지, 아니 당나귀지.

 나한테만 살짝 알려줘.

이렇게 하면 되잖아!

옥구슬은 어디서

도대체 옥구슬은 어디서 났을까? 당나귀만 알 것 같은데, 당나귀에게 물어보면 당나귀는 뭐라고 할지 **이야기를 상상해서 그림으로 그리고 글로 써 봐.**

그걸 이제 물어보냐!
어떻게 된 것이냐면 말이지,
아니 당나귀지?

독서 감상문

억울한 일을 당한 최 씨와 고 씨는 옳은 방법에 대해서 고민했다고 해.
이야기를 읽고 너는 어떤 생각이 들었는지 독서 감상문을 써 봐.

제목:

-<옥구슬은 누구 것인가?>를 읽고-

네가 쓴 감상문에
어울리는 제목을
지어 봐.

책 내용

어떤 이야기인지
짧게 간추려 봐.
누가 무엇을 했고,
어떻게 되었지?

생각

어떤 생각이 들었는지
까닭과 함께 써 봐.

느낌

어떤 감정이 들었
는지 써 봐.
화나거나 슬프거나
기쁘거나 즐거웠던
부분이 있니?

교훈

인물의 행동을 보면
서 어떤 걸 배웠는
지 써 봐.
무얼 하지 말아야
할까? 무얼 해야
할까?

하고 싶은 말

등장인물에게
하고 싶은 말을 써
봐. 최 씨와 고 씨
에게 무슨 말을 해
줘야 할까?

최 씨 고 씨 뒤풀이

최 씨와 고 씨가 낱말 퀴즈 뒤풀이를 열었어. 낱말 퀴즈를 풀어서
가리사니 힘을 다져 보자고. **요지카를 보면서 문제를 풀어 봐.**

1 비슷한 뜻을 가진 두 낱말을 갈라서 써 보세요.

볼기둥이궁   궁 ☐ ☐ = ☐ ☐

길도바른리   ☐ 른 ☐ = ☐ ☐

속알이실맹   ☐ ☐ 이 = ☐ ☐

2 재미있는 말놀이를 해 보면서 빈칸에 들어갈 알맞은 낱말을 요지카에서 찾아
써 보세요.

가지가 하나면   한가지

가지가 두 개면   가지가지

두 개가 같은 것이면

☐ ☐ 가 지

나아가 적을 치면   공격

적이 되받아치면   반격

둘이서 치고받으면

☐ 격 ☐ 격

이 가지가 아니네….

3 보기에서 비슷한 뜻을 가진 낱말들을 같은 색으로 칠해 보고, 빈칸에 뜻에 맞는 낱말을 써 보세요.

모양이나 성질이 이러한 모양

➡ ☐ ☐

모양이나 성질이 저러한 모양

➡ ☐ ☐

모양이나 성질이 그러한 모양

➡ ☐ ☐

단 한 번에

➡ ☐ ☐ ☐

단숨에, 당장

➡ ☐ ☐ ☐

한 차례에, 동시에

➡ ☐ ☐ ☐ ☐

4 맛있는 과일과 비슷하게 생겼는데, 맛은 없고 시기만 해서 나온 말이에요. 겉만 그럴듯하고 실속이 없을 때 쓰는 이 말은 무엇인지 섞어 놓은 글자에서 찾아 써 보세요.

"개살빛은좋구"

⬇

☐ ☐ ☐ ☐ ☐ ☐

3장
욕심쟁이
할멈과 할아범

산도깨비가 욕심쟁이 할멈과 할아범을 만나 소원을 들어 주었다는데, 무슨 까닭으로 머리 아파하는 걸까? **산도깨비 이야기를 들어보고, 머리 아파하는 일을 풀어 줘.**

소원 또는 욕심

소원? 욕심? 모두 무엇인가를 바라는 것인데 뭐가 다를까? **친구들의 마음이 소원인지 욕심인지 알맞은 곳에** ✓**표 해 봐.**

72

세 번째 요지경

가라사대왕이 이야기나라의 보물, 요지경을 선물로 주었어.
요지경을 보면서 무슨 일이 벌어졌는지 짐작해 보자.

 먼저, 전개도를 이용해서 요지경을 직접 만들어 보자. 활동지 9~12쪽

 요지경에 있는 그림을 요리조리 살펴보자.

짐작되지 않거나
궁금한 그림에는 동그라미!

산도깨비 이야기

이야기를 읽으면서, 중요한 낱말은 요지카로 익혀 보자.

낱말에 요지카 번호를 써 봐. 활동지 21쪽

뭐 이런 욕심쟁이에다 지독한 사람들이 다 있는지 모르겠어요. 세상에나, 지옥보다 더한 곳이 어디 있다고… 그곳으로 보내 달라는 소원을 빌다니! 정말 당황스러워서….

잠깐, 저 사람들 못 듣게 저쪽으로 가서 얘기해요.

눈치채셨지요? 네, 전 산도깨비인데요. 저 두 사람을 어떻게 해야 할지 모르겠네요. 산도깨비 **체면**에 거짓말을 할 수는 없고, 소원은 들어줘야 하겠는데 어떡해야 할지 모르겠어요.

그래서 만나자고 했어요. 저 할아범과 할멈이요? 욕심쟁이로 소문난 부부예요. 보다시피 금방 죽어서 반쯤 귀신이 된 이들이지요.

사실 제가 할아범과 할멈에게 소원을 한 가지씩 들어주기로 했었거든요. 뭐 예뻐서 그랬겠어요? 욕심부리다가는 결국 망한다는 것을 깨우쳐 주려고 일부러 그랬지요. 물론 잘못을 뉘우치면 다시 살려 주려고 했어요. 그런데 할아범과 할멈이 죽었다 깨어나도 바뀌지 않을 욕심쟁이인 거 있죠!

저 할멈은 예쁘게 보이려는 욕심이 너무 컸어요. 젊었을 때부터 예쁘게 보이는 거라면 뭐든지 했어요. 하지만 점점 나이를 먹자 아무리 좋은 약을 먹어 보고 **치장**을 해도 소용이 없었지요. 할멈은 나이 먹어 늙는 것이 너무 싫었대요. 게다가 늙고 쪼그라든 할아범하고 같이 사는 것도 싫었고요. 그래서 될 수만 있다면 젊어져서 멋지고 젊은 남자와 다시 결혼도 하고 싶어 했다니까요.

전 모른 척하고 할멈 앞에 나타나서 한 가지 소원을 들어주겠다고 했어요. 그랬더니 뭐라고 한 줄 아세요?

"좀 부끄럽지만 서른 살 젊은 남자와 살고 싶어요."

할멈은 서른 살 젊어지게 해 달라고 하기에는 염치가 없었는지 서른 살 젊은 남자와 살고 싶다고 하더라고요. 젊은 남자와 살려면 자기도 젊어져야 하니까요. 그래서 **까짓것**, 바람대로 해 주었지요.

다시 젊은 부인으로 만들어 주었냐고요?

아뇨! 할아범보다 서른 살 더 늙은 꼬부랑 할멈으로 만들어 주었죠. 그럼 할아범이 할멈보다 서른 살 젊은 셈이 되니, 소원대로 서른 살 젊은 남자와 사는 거잖아요.

헤헤! 할멈은 어떻게 되었냐고요? 이튿날 늙어 죽고 말았지요.

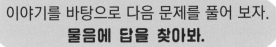
이야기를 바탕으로 다음 문제를 풀어 보자.
물음에 답을 찾아봐.

사실 **1** 할멈은 왜 서른 살 젊은 남자와 살고 싶다는 소원을 빌었을까요? 이야기에서 이유를 찾아 밑줄을 그어 보세요.

추론 **2** 서른 살은 몇 살인지 수로 써 보세요.

> 하나 둘 셋 넷 다섯 여섯 일곱 여덟 아홉 열 열하나 열둘… 스물
>
> 스물하나 스물둘… **서른** 서른하나 서른둘…
>
> 살

비판 **3** 서른 살 젊은 남자와 살고 싶다는 할멈의 마음은 소원일까요, 욕심일까요? 자신의 의견에 동그라미 치고 이유를 말해 보세요.

소원입니다

왜냐하면…

욕심입니다

논리 **4** 할멈의 소원은 이루어졌을까요, 이루어지지 않았을까요? 자신의 의견만큼 색칠해 보세요.

이루어지지 않았다

서른 살 젊은 남자와
살고 싶어요.

이루어졌다

　이번에는 할아범한테 갔어요. 할아범은요, 사는 곳에서 사방 백 리가 다 자기 땅인데도 온 세상을 모두 제 땅 삼으려는 욕심쟁이예요. 저는 할아범에게 가서 땅을 팔겠다고 했어요.

　"할아범, 내게 넓고 넓은 땅이 있는데 백 원에 사지 않을래요? 땅바닥에 작대기로 금을 그어서 표시만 하면 다 할아범 드릴게요. 얼마든지 갖고 싶은 만큼 가져가세요."

　할아범은 기뻐서 어쩔 줄 모르더라고요. 하지만 전 조건 하나를 내걸었어요.

　"다만, 아침 해가 뜰 때 금을 긋기 시작해서 저녁 해가 질 때까지 처음 금을 그은 곳으로 돌아와야 해요. 만약 해가 졌는데도 처음 시작한 곳으로 돌아오지 못하면 땅을 가져갈 수 없어요."

이야기를 바탕으로 다음 문제를 풀어 보자.
물음에 답을 찾아봐.

1 할아범은 백 리의 땅을 가지고 있다고 해요. <아리랑> 민요를 불러 보고 백 리는 어느 정도의 땅인지 빈칸에 알맞은 수를 써 보세요.

아리랑~ 아리랑~ 아라리요~ 아리랑 고개로 넘어간다~

나를 버리고 가시는 님은~ 십 리도 못 가서 발병 난다~

10리는 약 4킬로미터로, 걸으면 약 1시간 걸리는 거리예요.

100리는 약 40킬로미터로, 걸으면 약 (   )시간 걸리는 거리예요.

2 산도깨비가 땅을 팔 때 조건을 제시한 이유는 무엇일까요? 낱말 스티커를 붙여서 이유를 문장으로 완성해 보세요.

해가 질 때까지 처음 시작한 곳으로 돌아와야 해요.

산도깨비는	스티커	스티커	더 가지려고
스티커	스티커	제 시간에 돌아오지 못할 걸 알았어요.	

3 온 세상 땅을 모두 가지고 싶어 하는 할아범의 마음은 소원일까요, 욕심일까요? 자신의 의견만큼 색칠해 보세요.

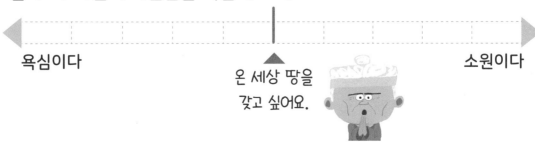

욕심이다   온 세상 땅을   소원이다
                            갖고 싶어요.

땅에 눈이 먼 할아범은 그러겠다고 했어요. 이튿날 날이 밝자 **냅다** 금을 그으며 뛰더라고요. 곧장 앞으로 내달리기만 하면서요. 해가 기울기 시작했는데도 앞으로 나아가기만 했어요. 돌아왔냐고요? 돌아오기는 했죠. 하지만 너무 급히 뛰어오느라고 숨이 차서 그만 죽고 말았어요.

그런데 이 부부는 죽어서 뉘우치기는커녕 엉큼한 산도깨비의 **잔꾀**에 당해 억울하게 죽었다면서 따지지 뭐예요? 어떡하기는요? 산도깨비 체면에 그런 말을 듣고 있을 수는 없었지요. 그래서 두 사람에게 딱 한 가지 소원을 들어주겠다고 했지요.

그랬더니 사람이 둘, 아니 귀신이 둘인데 소원이 하나라니 그게 무슨 소리냐고, 각자 한 가지씩 소원을 들어줘야 한다고 떼를 쓰지 뭐예요. 게다가 서로 자기 소원을 먼저 들어줘야 한다고 난리를 치면서요.

어휴, 짜증 나! 누가 욕심쟁이들 아니랄까 봐!

이야기를 바탕으로 다음 문제를 풀어 보자.
물음에 답을 찾아봐.

 1 할아범과 할멈의 죽음은 누구 때문일까요? 맞다고 생각하는 문장에 모두 동그라미 쳐 보세요.

너무 어려운 조건을 제시한 산도깨비 때문이야.

달리기를 잘하지 못한 할아범 때문이야

먼저 나타나서 소원을 들어주겠다고 한 산도깨비 때문이야.

정확하게 서른 살 젊어지게 해 달라고 빌지 않은 할멈 때문이야.

먼저 나타나서 땅을 팔겠다고 한 산도깨비 때문이야.

너무 땅 욕심을 부려서 멀리까지 간 할아범 때문이야.

 2 여러분은 어떤 소원이 있고, 어떤 욕심이 있나요? 자신의 소원과 욕심을 구분해서 적어 보세요. 단, 딱 일 분 동안 최대한 많이 적어 보세요.

🖊 내 소원은

🖊 내 욕심은

그래서 뭐, 저도 꾀를 내어서 조건을 하나 달았지요. 각자의 소원을 들어 주기는 할 텐데, 무조건 먼저 말한 사람의 소원을 두 배로 다음 사람에게 들어주기로요.

어떻게 되었는지 아세요? 나 참, 둘 다 입을 꼭 다물고는 서로 눈치만 보는 거예요. **속셈**이야 뻔하지요. 자신이 먼저 말하면 다른 사람이 두 배나 되는 소원을 이루게 되니 샘이 나서 그런 거 아니겠어요?

얼마나 시간이 흘렀을까요. 성질이 좀 더 급한 할아범이 **참다못해** 버럭 소리쳤어요.

"이 욕심쟁이 할망구야, 어서 말하지 못해!"

그러자 할멈도 더 크게 소리쳤지요.

"뭐라고, 누구더러 욕심쟁이 할망구래! 쭈그렁바가지 영감탱이가!"

이야기를 바탕으로 다음 문제를 풀어 보자.
물음에 답을 찾아봐.

 1 서로 자기 소원을 먼저 들어 달라고 떼를 쓰는 할아범과 할멈에게 산도깨비는 조건을 달았어요. 여러분이 산도깨비라면 어떤 조건을 달지 생각해서 써 보세요.

 2 할아범과 할멈이 서로 입을 꼭 다물고 소원을 말하지 않는 이유는 무엇인가요? 할아범과 할멈의 속마음에 들어갈 낱말을 써 보세요.

다른 사람이 두 배나 되는 소원을 이루면 　　　이 나.

 3 할아범, 할멈과 같은 욕심쟁이는 누가 있을까요? 여러분이 알고 있는 사람이나 책에서 찾아 써 보세요.

3장 욕심쟁이 할멈과 할아범 83

결국 할멈과 할아범은 서로 달려들어 치고받고 싸웠어요. 하지만 할멈은 힘이 모자라는지 더 얻어맞고는 분해서 엉엉 울더라고요. 그러다 무슨 생각이 났는지 **곧바로** 소원을 말했어요.

"제가 먼저 소원을 말하겠어요. 저를요, 지옥에 보내 주세요."

할멈이 말한 소원을 듣고 할아범은 깜짝 놀라 까무러칠 뻔했어요. 왜 아니겠어요? 할멈이 먼저 소원을 말했으니까 할멈의 소원이 할아범에게는 두 배로 이루어질 테니까요! 할아범의 소원은 자동적으로⋯. 에구구, 까무러칠 만하지요.

저도 까무러칠 뻔했다니까요. 욕심이란 게 뭔지, 사람이 어떻게 저럴 수가 있나 싶더라고요. 그나저나 지옥보다 두 배인 지옥이 어디 있을까요? 소원대로 해 줘야 할 텐데⋯ 전 어떡해야 하죠?

이야기를 바탕으로 다음 문제를 풀어 보자.
물음에 답을 찾아봐.

 추론 **1** 지옥에 보내 달라는 할멈의 말은 진짜로 소원이 맞을까요? 빈칸에 들어 갈 낱말을 보기에서 골라 쓴 다음, 할멈의 소원을 잘 풀이한 문장에 ✔표 해 보세요.

> 보기 뉘우침   저주   욕심

☐ 할멈의 소원은 할아범이 불행해지기를 바라는 [   ]예요.

☐ 할멈의 소원은 자신의 잘못을 깨달은 [   ]이에요.

☐ 할멈의 소원은 자신만 생각하는 [   ]이에요.

 사실 **2** 할멈이 먼저 소원을 말했으니 할아범의 소원은 자동적으로 이루어질 거예요. 할아범에게 이루어지는 소원은 무엇인지 써 보세요.

저를 지옥에 보내 주세요.

 창의 **3** 욕심과 소원을 사전에서는 어떻게 설명해 놓았는지 살펴보고, 이 낱말의 의미를 다시 정한다면 뭐라고 할지 생각해서 써 보세요.

나만의 사전

욕심	욕심	소원
지나치게 무엇을 탐내거나 누리려는 마음		
소원		
어떤 일이 이루어지기를 바라는 마음		

산도깨비 이야기

산도깨비가 미로를 통과하면서 번호가 나올 때마다 이야기를 순서대로 들려준대. **알맞은 그림을 찾아서 빈칸에 번호를 써 봐.**

소원을
말해 봐~

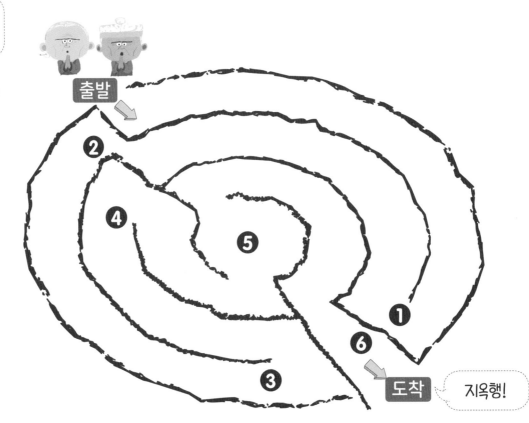

출발

② ④ ⑤ ① ⑥ ③

도착   지옥행!

까짓것

할아범과 할멈의 소원이 어떻게 이루어졌을까? **이들의 소원과 어울리는 그림에 선을 긋고, 빈칸에 그림을 그려 봐.**

까짓것
소원대로…

서른 살쯤 젊은 남자와
살고 싶어요!

세상 모든 땅이
내 땅이 되면 좋겠어요!

저를 지옥으로
보내 주세요!

욕심의 끝

원하는 대로 이루어졌다면 할멈과 할아범은 만족했을까? **이들이 어떤 표정을 지었을지 그려 보고, 만족했을지 동그라미 쳐 봐.**

원하는 대로 할멈을 서른 살 젊어지게 해 주어야지.

만족   불만족

원하는 대로 할아범에게 넓고 넓은 땅을 백 원에 팔아야지.

만족   불만족

만족   불만족

원하는 대로 할멈을 지옥에 보내고, 할아범을 지옥보다 두 배 더 나쁜 곳에 보내야지.

만족   불만족

누가 더

할멈과 할아범은 서로가 욕심쟁이라며 끝까지 다투었대. **빈칸에 들어갈 말을 쓰고 누가 더 욕심쟁이인지 벌점을 매겨 봐.**

벌점   벌점

이 욕심쟁이 할망구야! 망구 때문에 내가 지옥보다 더 무서운 곳으로 가게 생겼잖아!

흥! 웃기시네! 누구더러 욕심쟁이래?

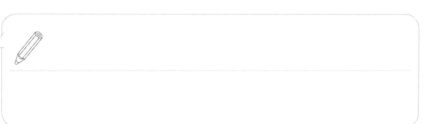

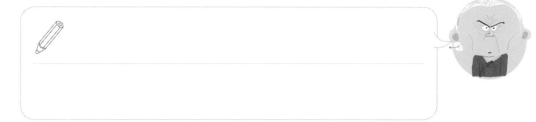

이럴 수도

할멈과 할아범의 마지막 소원은 무엇이면 좋았을까? **둘의 소원을 모두 이룰 수 있는 방법을 고민해서 할아범의 소원을 써 봐!**

이럴 수도 있었다고!

할아범을 나보다 서른 살 반,

열다섯 살쯤 젊게 해 주세요!

왜 지금 말하는 거야!

할멈에게

✏️

할아범은
열다섯 살 젊어지고
나는 두 배로
서른 살 젊어졌지.

나는 산도깨비 땅
절반을 가지게
되었고,

나는 두 배로
산도깨비 땅 모두를
가지게 되었지.

마지막 기회

염라대왕이 속담 문제를 내서 할멈과 할아범의 잘못을 알려 주려고 해.
염라대왕의 힌트를 보고 답을 써 봐.

욕심이 아직 뭔지 모르는구나.
그렇다면 좋아,
너희들에게 딱 어울리는 속담이다.

속담의 빈칸에 들어갈 낱말을
다 알아맞히면 살려 주지.

| 힌트1 | 홍부와
놀부 | 힌트2 | 9+1 | 힌트3 | 👁 |

1. 심통이 [ ][ ] 같다.

2. 아홉 가진 놈이 [ ][ ] 가진 놈 부러워한다.

3. 욕심이 [ ]을 가리다.

모르겠다!

좀 알려 줘!

어떤 방법

할멈과 할아범이 욕심 부리는 것을 고쳐 줄 좋은 방법은 없을까?
좋은 방법을 생각해서 네 컷 만화로 꾸며 봐.

그런 방법이 있나?

뒷이야기 쓰기

산도깨비는 욕심쟁이 할멈과 할아범을 어떻게 해야 할지 모르겠나 봐.
네가 작가라면 이들을 어떻게 할지 뒷이야기를 상상해서 써 봐.

1

뒤에 이어질 내용을 상상해 봐.

단, 뒷이야기에서는
등장인물의 성격이나 특징,
이야기의 배경 등도
이어지면 좋아.

2

새로운 사건을 만들어 봐.

앞에서 일어난 사건과
관계가 있으면 좋아.

3

사건이 충분히
이해되도록
이야기를 연결해 봐.

✏️ 제목

산도깨비 뒤풀이

산도깨비가 낱말 퀴즈 뒤풀이를 열었어. 낱말 퀴즈를 풀어서 가리사니 힘을 다져 보자고. **요지카를 보면서 문제를 풀어 봐.**

1 산도깨비들이 좋아하는 노래를 불러 주면 소원을 들어준다고 해요. 그런데 노래에서 글자 하나가 빠졌어요. 빈칸에 들어갈 글자를 써 보세요.

무슨 소원 들어줄래, 산도깨비
안 정한 거라면 **아무것**
웬만한 거라면 **좀쳇것**
별거 아니라면 [ ]짓것

어찌 소원 들어줄래, 산도깨비
가끔가다 뜻밖에는 어쩌다
힘껏 마구마구는 들입다
몹시 빨리 세차게는 [ ]다

2 뿌토와 가라사대왕이 재미있는 면과 장을 먹고 있어요. 무엇인지 알아맞혀 볼까요? 빈칸에 들어갈 글자를 써 보세요.

먹으면 남을 대하는
태도나 입장이
떳떳해진다는 면이래!
➡ [ ] 면

먹으면 화장한 것처럼
보기 좋고 고와지는
장이래!
➡ [ ] 장

3 할멈과 할아범이 우리가 낱말 익히는 게 배가 아팠나 봐요. 갑자기 낱말의 뜻을 엉터리로 알려 주고 있어요. 바른 낱말은 무엇인지 써 보세요.

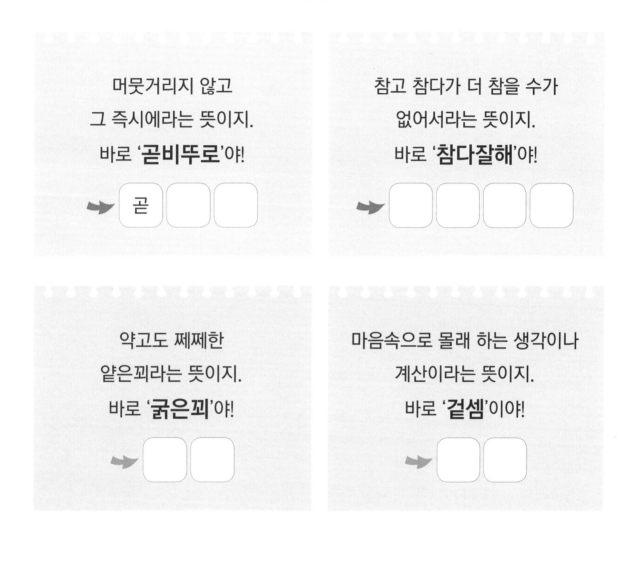

머뭇거리지 않고
그 즉시에라는 뜻이지.
바로 **'곧비뚜로'**야!

➡ | 곧 | | |

참고 참다가 더 참을 수가
없어서라는 뜻이지.
바로 **'참다잘해'**야!

➡ | | | | |

약고도 쩨쩨한
얕은꾀라는 뜻이지.
바로 **'굵은꾀'**야!

➡ | | |

마음속으로 몰래 하는 생각이나
계산이라는 뜻이지.
바로 **'겉셈'**이야!

➡ | | |

4 3번 문제에서 답으로 나온 낱말을 넣어서 문장을 완성해 보세요.

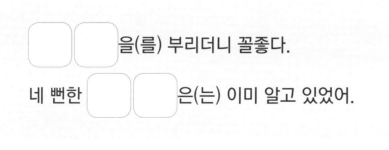

| | |을(를) 부리더니 꼴좋다.

네 뻔한 | | |은(는) 이미 알고 있었어.

4장

아침에 셋
저녁에 넷

우두머리 긴팔원숭이와 주인인 숭이아재 사이에 답답하고 딱한 문제가 있나 봐. **우두머리 긴팔원숭이의 이야기를 들어 보고, 어떡하면 좋을지 말해 줘.**

냠냠 도토리

두 다람쥐가 도토리를 먹는 방법이 달라 보여.
어떻게 다른지 질문에 대한 네 생각에 동그라미 쳐 봐.

가장 맛있는 것부터 냠냠!
그다음 남은 것 중에서
또 가장 맛있는 것을 냠냠!
요렇게 가장 맛있는 것부터
골라 먹어야지!

가장 맛없는 것부터 냠냠!
그다음 남은 것 중에서
또 가장 맛없는 것을 냠냠!
요렇게 가장 맛없는 것부터
골라 먹어야지!

어떤 다람쥐가 처음부터 끝까지
맛있는 도토리만 먹었을까?

어떤 다람쥐가 처음부터 끝까지
맛없는 도토리만 먹었을까?

두 다람쥐가 먹은 도토리는
같은 것일까, 다른 것일까?

달라!   같아!

어떤 다람쥐가 좋은 방법으로
도토리를 먹은 것일까?

98

네 번째 요지경

가라사대왕이 이야기나라의 보물, 요지경을 선물로 주었어.
요지경을 보면서 무슨 일이 벌어졌는지 짐작해 보자.

먼저, 전개도를 이용해서 요지경을 직접 만들어 보자. 활동지 13~16쪽

요지경에 있는 그림을 요리조리 살펴보자.

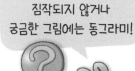
짐작되지 않거나
궁금한 그림에는 동그라미!

원숭이 이야기

이야기를 읽으면서, 중요한 낱말은 요지카로 익혀 보자.

낱말에 요지카 번호를 써 봐. 활동지 23쪽

솔직히 지금도 잘 모르겠어요. 이 이야기를 해야 하나, 끝까지 모른 척해야 하나 망설여져요.

휴, 숭이아재는 우리를 잘 속였다고 생각해요. 하지만 그렇지 않아요. 사실은 우리가 속아 넘어간 척한 거예요. 사실 이건 **약삭빠른** 짓이긴 해요. 그렇지만 숭이아재가 먼저 우리를 섭섭하게 한걸요.

물론 숭이아재가 우리를 속였다고 우리도 똑같이 그러는 것은 잘못이라고 생각해요. 게다가 우리는 여전히 숭이아재를 사랑해요. 그러니 우리가 속였다고 대놓고 얘기하면 숭이아재가 얼마나 **겸연쩍을지** 걱정돼요.

　그렇다고 숭이아재를 속이는 것도 싫어요. 하지만 숭이아재가 쩨쩨하고 치사한 사람으로 소문나는 것도 참을 수가 없어요. 그래서 이러지도 저러지도 못하고 있어요. 어떡하면 좋을까요?

　우리는 숭이아재와 함께 사는 긴팔원숭이들이에요. 제가 우두머리 원숭이고요. 처음에 우리는 몇 마리뿐이었는데, 숭이아재가 워낙 잘 돌봐 줘서 금세 큰 무리를 이루었지요. 숭이아재는 넉넉하지 않은 살림살이를 줄여서라도 우리가 좋아하는 것은 다 해 주었거든요. 자식처럼 사랑했다니까요. 우리도 숭이아재를 아빠처럼 잘 따랐고요. 그렇게 서로 아끼고 사랑하다 보니 숭이아재와 우리는 서로의 말도 알아듣게 되었어요.

하지만 날이 갈수록 숭이아재는 살림이 어려워졌어요. 덩달아 우리 먹이도 예전 같지 않았지요. 고작 도토리뿐이더니 나중에는 그나마도 자꾸 양이 줄어들었어요. 아마도 우리 수가 너무 많이 불어난 탓일 거예요. 아무튼 도토리 먹이도 자꾸 줄어들더니 하루에 열 개 정도밖에 못 먹게 되었지요.

그런데 바로 어제, 숭이아재가 **주뼛하면서** 말하는 게 아니겠어요. 아마도 도토리를 더 줄여야 했나 봐요.

"얘들아, 이제부터 도토리를 아침에는 세 개, 저녁에는 하나 더해서 네 개를 주어도 될까?"

아침에 세 개를 주고, 저녁에 네 개를 주면 우리가 도토리가 많다고 느낄 거 같으니까 숭이아재가 꾀를 쓴 거예요.

우리는 실망해서 버럭 화를 냈지요.

102

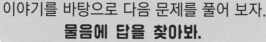

이야기를 바탕으로 다음 문제를 풀어 보자.
물음에 답을 찾아봐.

추론

1 다음 문장에서 밑줄 친 부분을 의미가 잘 전달되도록 다른 말로 바꿔 쓰려고 해요. 바꿔 쓸 수 있는 말에 모두 선을 그어 보세요.

날이 갈수록 숭이아재는
<u>살림</u>이 어려워졌어요.

↳ 살아가는 형편이나 정도를 뜻해요.

● 살기가 어려워졌어요.

● 가난해졌어요.

● 살림하면서 어려졌어요.

창의

2 이 이야기는 고사성어 '조삼모사'로 전해지고 있어요. 한자의 뜻을 살펴보고 따라 써 보세요.

조삼모사: **아침에는 세 개, 저녁에는 네 개**

朝　三　暮　四

아침 **조**　　석 **삼**　　저물 **모**　　넉 **사**

'고사성어'는 옛이야기에서 생겨난 한자로 이루어진 말이야.

논리

3 도토리를 아침에는 세 개, 저녁에는 네 개 주겠다고 말하면서 왜 숭이아재는 주뼛했을까요? 숭이아재의 마음을 잘 설명한 내용을 모두 찾아 동그라미 쳐 보세요.

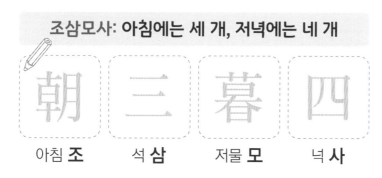

너무 맛없는 먹이라서 원숭이들이 싫어할까 봐 주뼛했어요.

먹이가 너무 적어서 원숭이들이 화낼까 봐 주뼛했어요.

먹이로 주는 도토리가 너무 아까워서 주뼛했어요.

원숭이들에게 어떻게 말해야 할지 몰라서 주뼛했어요.

도토리가 너무 적어서냐고요? 천만에요! 숭이아재가 우리를 너무 몰라주어서 실망하고 속상해서 화가 났어요.

생각해 보세요. 우리도 숭이아재 형편을 **뻔히** 알잖아요. 그러니 그냥 살림이 어려워서 먹이를 더 줄일 수밖에 없다고 하면 기꺼이 그러자고 할 텐데요. 숭이아재가 괜히 얕은꾀를 부려 얼렁뚱땅 넘어가려는 것이 실망스러웠어요.

한편으로는 숭이아재가 왜 그러는지 속마음을 짐작할 수도 있었어요. 도토리마저도 줄이면 우리가 숭이아재를 따르지 않을까 봐 두려웠던 거겠지요. 그래서 바보같이 엉뚱하게 **둘러대는** 것이 다 보였어요. 우리는요, 도토리 먹이가 또 줄어들게 된 것보다요, 그게 더 속상했어요.

숭이아재는 어쩔 줄 몰라 하더라고요. 본래 마음이 여린 데다가 숭이아재와 우리 사이에 이런 적이 한번도 없었으니까요.

이야기를 바탕으로 다음 문제를 풀어 보자.
물음에 답을 찾아봐.

 1 원숭이들은 왜 화가 났을까요? 원숭이들이 화가 난 이유를 더 생각해서 써 보세요.

🌰 숭이아재가 원숭이들 마음을 몰라주어서 화가 났어요.

✏️

 2 도토리를 줄여야 한다는 말을 원숭이들에게 어떻게 말해 주는 게 좋을까요? 말풍선에 써 보세요.

✏️ 얘들아,

 3 숭이아재의 행동을 어떻게 생각하나요? 다음 의견이 맞다고 생각하면 ○표, 틀리다고 생각하면 X표, 잘 모르겠으면 △표 해 보세요.

원숭이들이 숭이아재를 잘 따르게 하기 위한 좋은 방법이야.

먹이를 줄인다고 말하면 슬퍼할까 봐 원숭이들을 배려한 좋은 방법이야.

솔직하게 말하기 두려워서 엉뚱하게 둘러대는 나쁜 방법이야.

그런데 당황한 숭이아재가 뭐라고 했는지 아세요?

"그럼 아침에 네 개, 저녁에 세 개를 줄게!"

이러는 거예요. 어휴, 어이없어서!

우리는 신경질도 나고 기가 막혀서 서로 얼굴만 쳐다봤어요. 아침에 세 개, 저녁에 네 개를 주는 거나 아침에 네 개, 저녁에 세 개를 주는 거나 그게 그거잖아요.

하지만 저는 숭이아재에게 그냥 **넙죽** 절을 하면서 말했어요.

"고맙습니다."

다른 원숭이들도 제 눈치를 잠깐 보더니 저를 따라 다들 절을 했지요.

제가 왜 그랬냐고요? 숭이아재의 마음을 헤아렸으니까요. 살림이 **오죽** 어려우면 숭이아재가 저렇게까지 하는 걸까 안타까운 마음이 들었거든요.

106

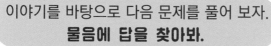

따져보기3

이야기를 바탕으로 다음 문제를 풀어 보자.
물음에 답을 찾아봐.

 1 도토리를 아침에 네 개, 저녁에 세 개를 받기로 한 원숭이들은 하루에 총
몇 개의 도토리를 받게 되는지 수를 써 보세요.

개

 2 아침에 세 개, 저녁에 네 개를 받는거나 아침에 네 개, 저녁에 세 개를 받는
거나 같다고 생각하나요? 생각하는 만큼 도토리 스티커를 붙여 주세요.

 3 우두머리 원숭이는 어떤 성격일까요? 성격을 잘 표현해 주는 낱말을 모두
찾아 색칠해 보세요.

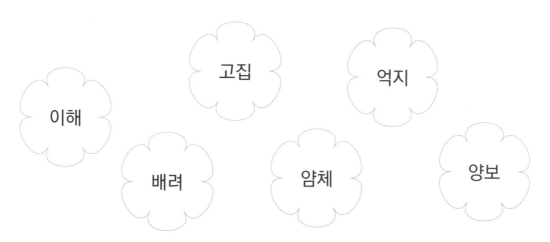

그래서 우리가 속아 넘어가면 숭이아재 마음이 조금이라도 편하겠다는 생각이 들었어요.

게다가 실은 우리도 얌체 같은 구석이 있었어요. 아침에 세 개를 받아 두는 것보다는 네 개를 받아 두는 것이 더 낫기도 했으니까요. 생각해 보세요. 숭이아재 마음이 자꾸 이랬다저랬다 하는데, 저녁에 또 마음이 바뀔지 알 수 없는 노릇이잖아요. 만약 숭이아재 마음이 바뀌어서 저녁에 주기로 한 도토리를 다 주지 않으면 큰일이잖아요. 그러니까 미리 많이 받아 두는 편이 좋죠.

결국 숭이아재도 좋고 우리도 좋은 일이니 고맙다고 말하고 절을 하면서 기뻐하는 척한 것이었어요. 숭이아재 표정을 보니 얼렁뚱땅 곤란한 처지를 잘 넘어갔다고 생각하는 눈치였어요. 조금 흐뭇하게 웃더라고요.

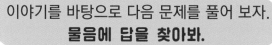
이야기를 바탕으로 다음 문제를 풀어 보자.
물음에 답을 찾아봐.

 논리 **1** 원숭이들이 아침에 세 개, 저녁에 네 개를 받는 것보다 아침에 네 개, 저녁에 세 개를 받는 것이 낫다고 생각하는 이유를 찾아 동그라미 쳐 보세요.

숭이아재의 마음이 언제 또 바뀔지 모르기 때문에 아침에 많이 받아 놓는 게 나아요.

아침에 네 개를 받으면 더 많이 받은 것 같은 기분이 들기 때문에 아침에 많이 받는 게 나아요.

저녁보다는 아침에 배가 더 고프기 때문에 아침에 많이 받는 게 나아요.

 비판 **2** 숭이아재의 잔꾀에 속는 척한 행동을 얌체 같다고 할 수 있을까요? 자신의 의견에 동그라미 친 후, 이유를 써 보세요.

있다!　　없다!

 창의 **3** 원숭이들의 행동은 숭이아재도 좋고 원숭이들에게도 좋다고 해요. 이렇게 동시에 두 가지 이익을 얻을 때 쓰는 고사성어를 살펴보고 따라 써 보세요.

일석이조: 돌 한 개를 던져 두 마리 새를 잡는다.

一　石　二　鳥

한 **일**　　돌 **석**　　두 **이**　　새 **조**

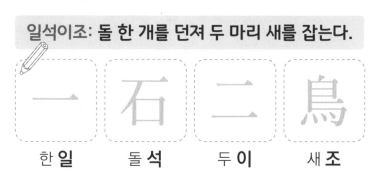

한 가지 일을 해서 두 가지 이익을 얻을 때 쓰는 말이야.

사정이 이렇게 된 거예요. 뭐, 여기까지는 나쁘지 않았어요. 그런데 그때 부터 기분 나쁜 말들이 나돌지 뭐예요. 우리 원숭이들이 멍청하다고 흉보는 말들이요. 또 숭이아재를 두고는 말이죠, 간사하다느니 치사하다느니 하지 뭐예요. 남의 속도 모르고 말이에요. 도저히 참을 수가 없잖아요. 먹이가 줄어 좀 섭섭하기는 하지만 그래도 숭이아재와 우리는 사랑하는 사이니까요.

그래서 사실을 말하고 싶었지요. 우리는 멍청해서 속은 게 아니고, 숭이아재도 치사해서 속인 게 아니라고요. 그런데요, 사실대로 말하면 숭이아재가 얼마나 부끄럽겠어요. 또 우리 사이는 얼마나 어색해지겠어요.

그렇다고 이대로 **가만** 있으면 숭이아재는 나쁜 사람이 되고, 우리는 두고 두고 멍청이라고 놀림을 받을 거 아니에요? 딱하고 답답해 죽겠어요. 이게 우리 원숭이들의 문제예요. 어떡하면 좋죠?

110

이야기를 바탕으로 다음 문제를 풀어 보자.
물음에 답을 찾아봐.

1 숭이아재가 원숭이를 키우는 것처럼 반려동물을 키우는 사람들이 많아요. 반려동물을 키우면 좋은 점은 무엇일지 써 보세요.

🐾 마음에 안정감을 주어요.

🐾 공감하는 마음을 길러요.

🐾✏️

🐾✏️

2 원숭이들이 사실을 말하지 못하는 이유는 무엇일까요? 이야기에서 찾아 밑줄을 그어 보세요.

사실은요….

3 원숭이들처럼 이러지도 저러지도 못하는 상황을 경험해 본 적이 있는지 생각해 보고 이야기해 보세요.

원숭이 말

원숭이들이 숭이아재와 있었던 일을 이야기하고 있어. 그런데 원숭이 말로 떠들고 있네. **무슨 이야기인지 사람 말로 바꿔서 말해 봐.**

마음먹기

먹이가 달라질 때마다 숭이아재와 원숭이들의 마음은 어땠을까?
먹이에 따라 달라지는 숭이아재와 원숭이의 표정을 그려 봐.

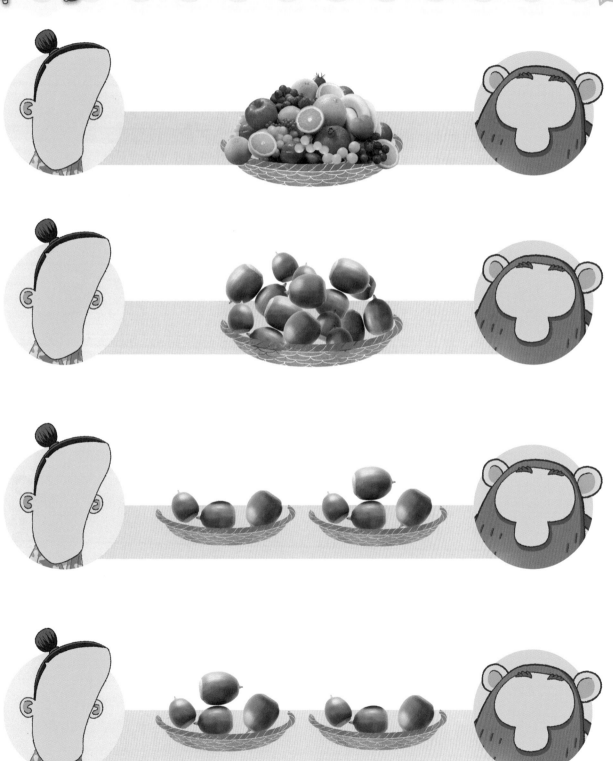

숭이아재네

숭이아재의 아내와 아이들은 어려운 살림에도 원숭이를 돌보는
숭이아재를 보면서 무슨 생각을 했을까? **숭이아재와 가족들의
속마음을 생각해 보고, 써 봐!**

 아빠,

 여보,

 에후,

먹이 협상

도토리 일곱 개를 어떻게 나누어 주어야 할지 숭이아재의 고민은
풀리지 않았어. **좋은 방법을 생각해서 도토리 스티커를 붙여 봐.**

아침에 다섯 개,
저녁에 두 개?

네? 뭐라고요?

아침에 여섯 개,
저녁에 한 개?

설마 이게
좋은 방법이라고요?

아침에 일곱 개,
저녁에 영 개?

참 나, 그럼
저녁은 굶어요?

아침에 영 개,
저녁에 일곱 개?

아침은 꼭
먹어야 한다고요!

도대체 어떡하
라는 거야?

스티커

스티커

이게
최선입니까!

재롱잔치

원숭이들이 재롱잔치를 열어 숭이아재 살림을 도우려고 해. 어떤 재주를
보이면 좋을지 **광고지에 들어갈 내용을 글과 그림으로 꾸며 봐!**

숭이아재네
원숭이들

재롱잔치

누가: 숭이아재네 원숭이들
언제: 내일모레 10시
어디: 숭이아재네 마당

소문과 댓글

숭이아재와 원숭이들에게 있었던 일이 신문에 났는데 댓글이 많이 달렸어. **댓글이 좋은지 싫은지 색칠해 보고, 빈칸에 답글도 써 봐!**

○○월 ○○일 (○요일) 진짜진짜 뉴스 **시소신문**

아침에 셋 저녁에 넷, 아침에 넷 저녁에 셋
-그게 그거일까, 숭이아재와 원숭이들은 왜?-

아침에 도토리 넷, 저녁에 도토리 셋을 주겠다는 숭이아재, 그리고 넙죽 절한 원숭이들. 이들을 두고 간사하다, 멍청하다는 말이 나돌고 있다.

가장 적게 본 뉴스

정치 / 경제 / **사회**

1 옆집 호랑이는
2 토마토 시장
3 광화문 막고
4 세상은 요지경
5 판사님 자식이
6 달리는 차 수십
7 추석 귀경열차
8 백 원도 없다던
9 공부 잘하는 아

👤 rlad****
원숭이들을 속여 먹다니! 숭이아재 정말 치사하다.

✏️ └ 답글

👤 qkrtk****
그까짓 잔꾀에 속은 원숭이들이 정말 멍청해!

└ 답글

👤 ytsl****
멍청하기는 누가 멍청하다고 그래, 속아 넘어가 준 거거든!

└ 답글

짚어보기5

전하지 못한

숭이아재와 원숭이들이 속마음을 담은 쪽지를 썼는데, 각자의 말로 쓰여 있네. **숭이아재의 것은 원숭이 말로, 원숭이 것은 사람의 말로 바꿔서 써 봐.**

얘들아, 미안해.

너희들을 속이려고 한 것이 아니야.

어쩔 수 없는 내 마음을 알아주기를 바랐어.

너희들이 따르지 않으면 어쩌나 두려웠고.

당황해서 막 둘러대었던 거야.

사랑해 얘들아!

🖋 꼬까야, 까으아까,

꽈끼이아, 꼬까야!

쏭까아끄, 까으아까.

꽈꾸까 꽈끼꽉아, 깍깍 까꾸끼오!

꺄꺄끄꼬 까으으끄 꺼꾸꼬꼬이윽

까끼가극 쏭까아끄 꼬끄꼬끄

꼬끼야, 꽈꽈끄리 꾸끄

꽈끼야, 쏭까아끄

🖋 숭이아재, 미안해요

사랑해요! 숭이아재

일기

우두머리 원숭이는 어떻게 해야 할지 모르겠나 봐. **네가 우두머리 원숭이가 되어서 어떻게 하면 좋을지 일기로 써 봐.**

언제

어디에서

생각

겪은 일

누구와

느낌

무슨 일

일기는 무슨 일을 겪었는지 정리해 보고, 생각과 느낌을 쓰면 돼. 겪은 일은 이렇게 정리할 수 있지.

날짜	년 월 일 요일

날짜와 요일을 써.

날씨	

날씨를 자세하고 재미있게 표현해 봐. 그림을 그려도 되고, 글로 써도 돼.

제목:

겪은 일

생각과 느낌

원숭이 뒤풀이

원숭이가 낱말 퀴즈 뒤풀이를 열었어. 낱말 퀴즈를 풀어서
가리사니 힘을 다져 보자고. **요지카를 보면서 문제를 풀어 봐.**

1 뜻이 비슷한 두 낱말이 섞여 있어요. 각각의 낱말을 가려내어 써 보세요.

"미안하여 어색해!"

"어색하고 멋쩍어!"

□□□□ 겸쑥연스쩍럽다다 □□□□

"부끄러워 망설여!"

"망설이고 주저해!"

□□□□ 주머뱃뭇하하다다 □□□□

2 막내 원숭이가 낱말의 뜻풀이를 배우다가 엉터리 반대말을 떠올렸어요. 막내
원숭이가 배운 낱말은 무엇일지 요지카에서 찾아 써 보세요.

꾀가 있고 눈치가 빠르고
행동이 재빠르다는 뜻이구나.
그럼, 반대말은…
'약삭느리다'겠지!

그럴듯한 말로 꾸며
속인다는 뜻이구나.
그럼 반대말은…
'둘러떼다'겠지!

□□□□□ □□□□□

3 숭이아재가 원숭이들에게 수수께끼를 내었어요. 빈칸에 들어갈 낱말을 요지카에서 찾아 써 보세요.

가 · 나 · 다 · 라 중에서

가 · 나 · 라는 꼼짝 않고 오로지 다가 움직이면 **다만!**

나 · 다 · 라는 움직이는데 **가**가 꼼짝 않으면 ⬚⬚ **만**

죽 중에서

주면 냉큼 받아먹는 죽은 넙**죽!**

받아먹은 죽이 얼마나 맛있으면 ⬚⬚ **죽**

4 원숭이의 몸짓과 뜻풀이를 보고 빈칸에 들어갈 낱말을 써 보세요. 뜻풀이 글자 속에 답이 숨어 있어요.

 ⬅ 자세히 따져 보지
않아도 될 만큼
사정이 뻔하고 확실히

 몸을 바닥에 넙치처럼
평평하게 죽 펴서
냉큼 엎드리는 모양 ⇨

안 알려 주지롱~
네 스스로 생각해 보는 게
더 좋을 거당~

크크크

에이, 궁금한데….

아…

그런데요,
친구들이 자꾸 '가리사니'가
어느 나라 말이냐고 물어봐요.

꼭 아라비아어 같기도 하고,
인도어 같기도 하대요.

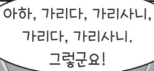

음…

허허허허, 가라사니는
순우리말이야. 바람직한 것을 구분하여
골라낸다는 뜻의 '가리다'에서
나온 말이지.

아하, 가리다, 가리사니,
가리다, 가리사니.
그렇군요!

!

그래서 가리사니가
'사물을 판단하는 힘이나
능력'을 뜻하는군요!

아하~

잘 이해하는 걸 보니,
뿌토 넌 가리사니가 있구나.

끄덕
끄덕

MEMO

진짜진짜

독서논술

4권

가이드북

가이드북 활용법

　진짜진짜 독서논술의 모든 활동은 논리적인 사고력을 바탕으로 창의적 문제해결력을 기르는 데 목적이 있습니다. 그렇기에 답이 하나로 정해진 경우보다 다양하게 해석 가능한 경우가 많습니다. 중요한 것은 자신의 생각에 논리적 설득력을 갖추는 것입니다. 모두 답이 될 수 있다는 열린 마음으로 활동을 바라봐 주시고, 아이들의 생각을 들어주세요.

　정확하게 답으로 나와야 하는 질문에는 답으로 표시했고, 다양한 반응이 나올 수 있는 질문에는 예로 표시했습니다. 답이 다양하게 나올 수 있는 질문들은 예로 제시한 내용을 바탕으로 아이들의 생각이 체계적으로 흘러가는지 주의 깊게 바라봐 주시면 됩니다.

　답이나 예외에 ➕ 표시로 들어간 내용들은 더 생각해 봐야 할 이유나 근거를 아이들이 어떻게 제시할 수 있는지 예상한 것입니다. 이 내용을 바탕으로 더 깊이 있는 생각을 이끌어 낼 수 있도록 지도해 보세요.

　문제와 활동 옆에는 　해설　을 달아서 출제 의도와 문제 유형을 해석해 놓았고, 더불어 지도 방법을 적어 놓았습니다. 가정에서 아이들을 지도하는 데 참고해 주세요.

　진짜진짜 독서논술로 '토닥토닥 마음껏 토론'하며 성장해 나갈 아이들의 모습을 기대해 봅니다.

1장 낙타 도둑

준비하기 20p

예

바둑돌이 두 개 들어 있는 상자에서 하나를 집어내었어. 손에 쥐고 있는 돌이 검은 돌이라면 상자에 남은 돌은 무엇일까?

틀림없이 흰 돌이죠!

당연히 검은 돌이죠!

알 수 없어요!

바둑돌이 세 개 들어 있는 상자에서 두 개를 집어내었어. 상자에 남은 돌이 회색 돌이라면, 내 손에 쥔 돌은 무엇일까?

검은 돌과 흰 돌이오!

그건 알 수 없어요!

회색 바둑돌이 어디 있어요?

➕ 회색 바둑돌이 없기도 하지만, 상자에 남은 돌이 무엇인지는 알 수 없어요.

해설 20p

흑백논리와 이분법적 사고에 대한 경각심을 일깨우기 위한 활동입니다. 정해 놓은 틀을 벗어나서 다양한 사고를 할 수 있도록 지도해 주세요.

들어보기 1~6 22~33p

신중하다 - 3	애꿎다 - 8
절름발이 - 4	부랴부랴 - 7
한사코 - 1	멀쩡하다 - 5
눈썰미 - 2	생사람 - 6

해설 22~33p

소리 내어 정독할 수 있도록 지도해 주시고, 부모님이 함께 읽어주셔도 좋습니다. 활동지에 있는 요지카를 미리 잘라서 준비해 놓고, 이야기를 읽으면서 요지카로 어려운 낱말을 함께 익힐 수 있도록 지도해 주세요.

따져보기1 25p

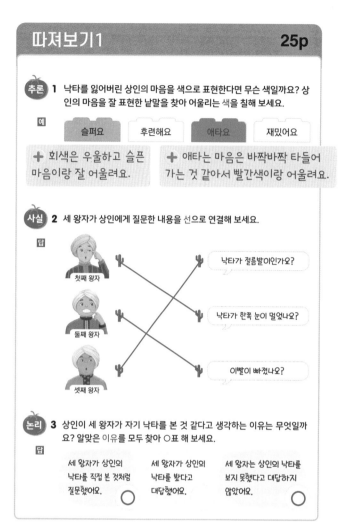

추론 1 낙타를 잃어버린 상인의 마음을 색으로 표현한다면 무슨 색일까요? 상인의 마음을 잘 표현한 낱말을 찾아 어울리는 색을 칠해 보세요.

예

| 슬퍼요 | 후련해요 | 애타요 | 재밌어요 |

➕ 회색은 우울하고 슬픈 마음이랑 잘 어울려요.

➕ 애타는 마음은 바짝바짝 타들어가는 것 같아서 빨간색이랑 어울려요.

사실 2 세 왕자가 상인에게 질문한 내용을 선으로 연결해 보세요.

답

첫째 왕자 — 낙타가 절름발이인가요?

둘째 왕자 — 낙타가 한쪽 눈이 멀었나요?

셋째 왕자 — 이빨이 빠졌나요?

논리 3 상인이 세 왕자가 자기 낙타를 본 것 같다고 생각하는 이유는 무엇일까요? 알맞은 이유를 모두 찾아 ○표 해 보세요.

답

| 세 왕자가 상인의 낙타를 직접 본 것처럼 질문했어요. ○ | 세 왕자가 상인의 낙타를 봤다고 대답했어요. | 세 왕자는 상인의 낙타를 보지 못했다고 대답하지 않았어요. ○ |

해설

25p

1. 낱말의 의미를 파악해서 상인의 마음을 잘 표현한 낱말을 찾아보는 추론 활동입니다. 더불어 낱말과 어울리는 색을 칠하면서 표현 능력도 기를 수 있습니다. 제시된 낱말을 선택한 이유를 물어봐 주시고, 어떤 색을 칠했는지 살펴봐 주세요.

2. 책 내용을 잘 이해하고 있는지 확인하는 사실적 질문입니다. 등장인물이 많기 때문에 인물의 행동과 말을 차근차근 비교해 가면서 답을 찾을 수 있도록 지도해 주세요.

3. 상인의 판단이 어떤 논리적 근거를 가지고 있는지 따져보는 활동입니다. 더불어 상인의 근거가 논리적으로 맞지 않음을 알아, 상인의 판단이 틀렸음을 알 수 있도록 후속 질문해 주세요. 답이 두 개지만, 모두 찾지 못하더라도 아이의 생각을 존중해 주세요.

후속 질문: 직접 본 것처럼 질문하면 본 것이라고 생각해도 될까요?/ 보지 못했다고 대답하지 않았다면 본 것이라고 생각해도 될까요?

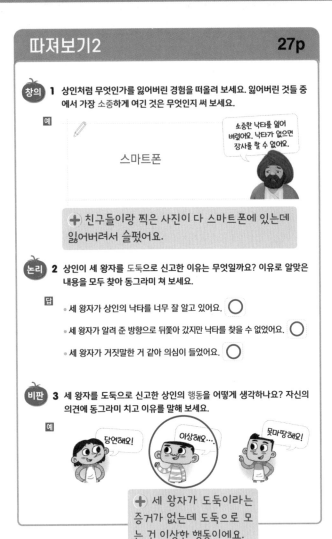

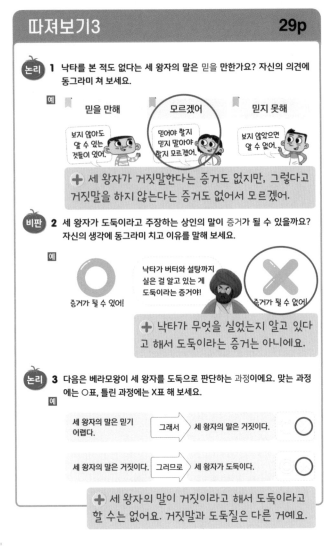

해설

27p

1. 주인공과 비슷한 경험이 있는지 생각해 보고, 주인공의 마음을 공감해 보는 활동입니다. 잃어버린 것이 소중한 이유도 함께 이야기할 수 있도록 지도해 주세요.

2. 상인의 판단이 어떤 논리적 근거를 가지고 있는지 따져보는 활동입니다. 세 가지 모두 답이 될 수 있지만, 모두 찾지 못하더라도 더 생각해 볼 수 있도록 천천히 지도해 주세요. 또한 상인이 신고한 행동이 옳았는지 생각해 볼 수 있도록 후속 질문해 주세요.
   후속 질문: 낙타를 잘 알고 있으면 도둑인가요?/ 낙타를 찾을 수 없다고 세 왕자가 도둑이라고 할 수 있을까요?

3. 2번 문제와 연결지어 상인의 행동이 옳았는지 비판적으로 따져보는 문제입니다. 상인의 행동에 대한 자신의 생각을 동그라미 치고, 왜 그렇게 판단했는지 이유를 말할 수 있도록 지도해 주세요.

29p

1. 세 왕자의 말이 믿을 만한지 논리적으로 따져보는 활동입니다. 단순히 믿을 수 있을 것 같다는 느낌이 아니라, 명확한 근거를 가지고 자신의 생각을 펼칠 수 있도록 왜 그렇게 판단했는지 이유도 물어봐 주세요.

2. 상인의 주장을 비판적으로 따져보는 활동입니다. 자신의 생각에 동그라미 친 후, 왜 그렇게 생각하는지 이유를 말할 수 있도록 지도해 주세요. 이유가 논리적으로 충분한 설득력을 가지고 있으면 좋습니다.

3. 생각의 과정이 논리적인 설득력이 있는지 따져보는 활동입니다. 원인과 결과를 놓고 인과적 판단을 해보는 활동으로 다소 어려울 수는 있지만, 화살표를 따라가면서 연결되는 내용이 맞는지 틀린지 천천히 생각해 볼 수 있도록 지도해 주세요.

따져보기4 　　　　　　　　31p

사실 1 베라모왕이 세 왕자에게 미안한 점은 무엇이고, 궁금한 점은 무엇일까요? 선으로 연결해 보고, 빈칸에 들어갈 낱말을 써 보세요.

답

미안한 것 　　　　　　　보지도 않은 　낙타　 (을)를 어떻게 본 것처럼 잘 알까?

궁금한 것 　　　　　　　세 왕자를 　도둑　 (으)로 몰아 죽이려고 했어요.

추론 2 첫째 왕자의 짐작이 맞다고 생각하나요? 맞다고 생각하는 만큼 점수를 매겨 보세요. (점수는 1~5점까지 줄 수 있어요.)

예
"낙타가 잘 먹는 풀이 길 양쪽에 나 있었는데 한쪽 풀만 뜯어 먹었더라고요. 그래서 한쪽 눈이 멀었을 거라고 짐작했어요."

점수 **4**

➕ 낙타가 그냥 귀찮아서 한쪽 풀만 먹을 수도 있기 때문에 1점은 깎았어요.

창의 3 세 왕자의 대답을 들으면서 궁금한 점이나 이상한 점을 질문으로 만들어 보세요.

예

낙타가 한쪽 풀만 먹은 게 다른 이유가 있지는 않을까요?

✏️ 오른쪽에만 무거운 짐이 많아서 오른쪽 뒷발을 끌었을 수도 있지 않나요?

➕ 오른쪽 모래만 쓸렸다고 해서 절름발이라고 말할 수는 없을 거 같아요.

따져보기5 　　　　　　　　33p

창의 1 세 왕자처럼 관찰력을 길러 볼까요? 두 그림에서 다른 부분을 찾아 동그라미 쳐 보세요.

답

논리 2 베라모왕은 세 왕자가 참 대단하다고 생각해요. 세 왕자의 대단한 점을 생각해서 써 보세요.

예

눈썰미가 대단해!

관찰력이 〔　　　　　〕 대단해!

➕ 남들은 보고도 그냥 지나칠 만한 것을 주의 깊게 보는 것 같아요.

추론 3 사건은 해결되고 낙타는 돌아왔는데, 베라모왕은 문제가 남았다고 해요. 문제라고 생각하는 내용에 모두 동그라미 치고 이유를 말해 보세요.

답

🐪 세 왕자를 도둑으로 판결한 게 창피해서 문제예요. ◯

🐪 판결이 잘못된 이유를 모르는 게 문제예요. ◯

🐪 엉뚱한 판결로 생사람을 잡을 뻔한 게 문제예요. ◯

➕ 엉뚱한 판결을 해서 백성들 보기에 창피하기도 하고, 세 왕자가 억울하게 누명을 썼어요.

해설

31p

1. 이야기를 잘 이해하고 있는지 핵심어와 내용으로 확인해 보는 사실적 질문입니다. 핵심어를 넣어 문장을 완성해 봄으로써 문장력도 기를 수 있습니다.

2. 추론이 설득력 있는지 따져보고 점수로 평가해 보는 활동입니다. 추론에 결함이나 부족한 점은 없는지 더 생각해 볼 수 있습니다. 왜 그런 점수를 주었는지 이유를 말할 수 있도록 지도해 주세요.

3. 세 왕자의 추론을 논리적으로 따져보고, 더 나은 추론이 가능할 수 있도록 질문을 만들어 보는 활동입니다. 질문에 답하는 데 익숙한 아이들이 반대로 질문을 만들어 보면서 생각의 폭을 넓힐 수 있습니다.

33p

1. 그림에서 다른 부분을 찾으면서 관찰력을 길러보는 활동입니다.

2. 세 왕자의 어떤 점이 훌륭하다고 생각할 만한지 근거를 제시해 보는 활동입니다. 근거가 논리적인지 따져보기 위해 이유까지 쓰거나 말할 수 있도록 지도해 주세요.

3. 이야기에 나온 정보를 분석해서 문제가 제시한 내용에 적합한 답을 찾는 추론 활동입니다. 세 가지 모두 답이 될 수 있지만, 모두 답으로 선택하지 않더라도 긍정적인 태도로 수용해 주세요.

간추리기1 `34p`

간추리기1

아브라카다브라

베라모왕의 보물 요술램프가 이야기를 보여 주고 있어.
이야기 순서에 맞게 그림 스티커를 붙여 봐.

답

아브라카다브라
낙타 도둑 다 보여라

간추리기2 `35p`

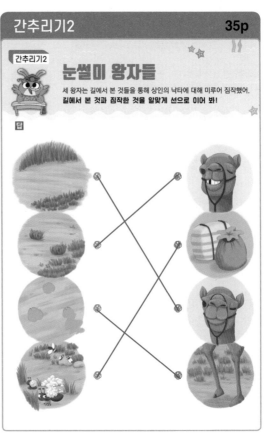

간추리기2

눈썰미 왕자들

세 왕자는 길에서 본 것들을 통해 상인의 낙타에 대해 미루어 짐작했어.
길에서 본 것과 짐작한 것을 알맞게 선으로 이어 봐!

답

34p

그림을 보고 이야기 전개 순서를 추론해 보는 활동입니다. 그림이 담고 있는 정보를 파악해서 내용을 정리해 볼 수 있습니다. 그림 속 내용이 무엇인지 말로 설명해 볼 수 있도록 지도해 주세요.

35p

세 왕자의 추론을 그림으로 연결해 보는 활동입니다. 원인과 결과를 연결지어 생각해 볼 수 있는 활동으로, 그림에 담긴 정보를 잘 해석해 낼 수 있는 관찰력도 기를 수 있습니다.

짚어보기1 `36p`

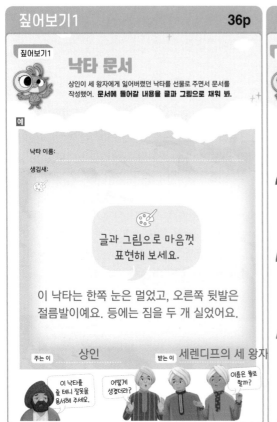

짚어보기1

낙타 문서

상인이 세 왕자에게 잃어버렸던 낙타를 선물로 주면서 문서를 작성했어. **문서에 들어갈 내용을 글과 그림으로 채워 봐.**

예

낙타 이름:

생김새:

글과 그림으로 마음껏
표현해 보세요.

이 낙타는 한쪽 눈은 멀었고, 오른쪽 뒷발은 절름발이예요. 등에는 짐을 두 개 실었어요.

주는 이   상인   받는 이 세렌디프의 세 왕자

이 낙타를 줄 테니 잘못을 용서해 주세요.

어떻게 생겼더라?

이름은 뭘로 할까?

짚어보기2 `37p`

짚어보기2

낙타에게 묻다

낙타에게 궁금한 걸 물어보았어. 낙타가 뭐라고 답했을까?
낙타의 답변을 생각해서 써 봐.

예

한쪽 눈은 어쩌다 멀었어?

그게 말이지…
윙크 연습을 많이 해서 한쪽 눈이 감겨버렸어.

이빨은 왜 빠진 거야?

웅, 그건…
너도 아마 알 거야. 양치질이 얼마나 중요한지.

뒷다리는 왜 절게 된 거니?

웅, 그거 말이지…
제대로 걸으면 재미없어서 절름거리는 거야.

왜 혼자 돌아다녔던 거니?

그 까닭은…
나는 원래 혼자 돌아다니는 걸 좋아해. 상인이 나를 따라오지 않은 거야.

36p

낙타에 대해 주어진 정보를 토대로 새로운 내용을 창조해 내는 창의력 활동입니다. 책에 나온 낙타의 모습을 보지 않고 그리면 더 다양한 부분을 표현해 낼 수 있습니다. 생김새를 글로 쓰면서 문장력도 기를 수 있습니다.

37p

이야기에는 나오지 않지만, 내용을 더 상상해 보고 지어내는 창의적 활동입니다. 재미있고 재치 있는 설명이 기대됩니다. 쓰기 힘들어하는 아이들은 말로 이야기해 볼 수 있도록 지도해 주세요.

짚어보기3   38p

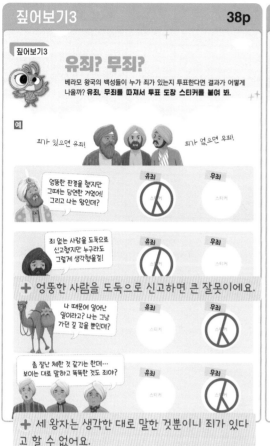

짚어보기3

유죄? 무죄?

베라모 왕국의 백성들이 누가 죄가 있는지 투표한다면 결과가 어떻게 나올까? 유죄, 무죄를 따져서 투표 도장 스티커를 붙여 봐.

예

죄가 있으면 유죄!   죄가 없으면 무죄!

엉뚱한 판결을 했을지 몰라도 그때는 당연한 거였어! 그리고 나는 왕인데? — 유죄 스티커 / 무죄

죄 없는 사람을 도둑으로 신고했지만 누구라도 그렇게 생각했을걸! — 유죄 스티커 / 무죄

✚ 엉뚱한 사람을 도둑으로 신고하면 큰 잘못이에요.

나 때문에 일어난 일이라고? 나는 그냥 가던 길 갈 뿐인데? — 유죄 / 무죄 스티커

좀 잘난 체한 것 같기는 한데… 보이는 대로 말하고 똑똑한 것도 죄야? — 유죄 스티커 / 무죄 스티커

✚ 세 왕자는 생각한 대로 말한 것뿐이니 죄가 있다고 할 수 없어요.

짚어보기4   39p

짚어보기4

어떻게 찾지

세 왕자는 낙타를 찾아낼 방법을 알고 있었다고 해. **어떻게 낙타를 찾아낼 수 있을지 생각해 보고 그림으로 그리거나 글로 써 봐.**

예

힌트는 오거!

글과 그림으로 마음껏 표현해 보세요.

정말 그러네!

짚어보기5   40p

짚어보기5

공주의 퀴즈

베라모왕에게도 똑똑한 공주가 있었는데, 공주가 세 왕자에게 문제를 냈어. 똑똑한 왕자들이 뭐라고 답했을지 이유와 함께 써 봐.

답

나에게도 똑똑한 공주가 있지 왕자들이 문제를 풀 수 있는지 보자.

똘이는 어제 늦잠을 자서 학교에 지각했어요. 똘이는 오늘도 늦잠을 자서 학교에 지각했어요. 똘이는 내일도 지각할까요?

1
당연히 지각해요! 똘이는 지각 대장이니까 내일도 학교에 늦을 거예요.

2
당연히 지각하지 않아요! 두 번이나 지각했으니 반성하고 내일은 학교에 늦지 않을 거예요.

3
당연히 지각을 할지 안 할지 모르죠! 내일 일을 어떻게 알 수 있겠어요!

(**3**)번이 답이에요. 왜냐하면 똘이가 계속 지각을 했다고 해서 내일 지각할 거라고 결론을 내릴 수는 없기   때문이에요.

보고하기   41p

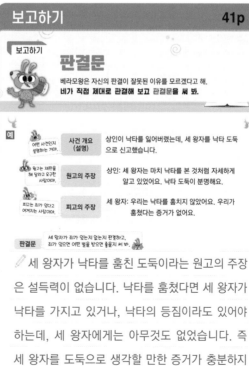

보고하기

판결문

베라모왕은 자신의 판결이 잘못된 이유를 모르겠다고 해. **네가 직접 제대로 판결해 보고 판결문을 써 봐.**

예

어떤 사건인지 설명하는 거야. → **사건 개요 (설명)** → 상인이 낙타를 잃어버렸는데, 세 왕자를 낙타 도둑으로 신고했습니다.

잃고는 재판을 해 달라고 요구한 사람이야. → **원고의 주장** → 상인: 세 왕자는 마치 낙타를 본 것처럼 자세하게 알고 있었어요. 낙타 도둑이 분명해요.

피고는 죄가 있다고 여겨지는 사람이야. → **피고의 주장** → 세 왕자: 우리는 낙타를 훔치지 않았어요. 우리가 훔쳤다는 증거가 없어요.

판결문 세 왕자가 죄가 있는지 없는지 판결하고, 죄가 있으면 어떤 벌을 받을지 함께 써 봐.

✎ 세 왕자가 낙타를 훔친 도둑이라는 원고의 주장은 설득력이 없습니다. 낙타를 훔쳤다면 세 왕자가 낙타를 가지고 있거나, 낙타의 등짐이라도 있어야 하는데, 세 왕자에게는 아무것도 없었습니다. 즉 세 왕자를 도둑으로 생각할 만한 증거가 충분하지 않습니다. 그래서 세 왕자는 무죄입니다. 탕탕탕!

해설

38p

등장인물의 변명을 읽고 설득력이 있는지 판단해서 유무죄를 가려 보는 활동입니다. 정해진 답이 없고, 자신이 왜 그렇게 판단했는지 이유를 말할 수 있으면 좋습니다.

39p

낙타를 찾는 방법을 기발하고 재치 있게 생각해 보는 창의적 활동입니다. 독창적인 생각을 존중해 주시고 넓은 마음으로 받아들여 주세요.

40p

성급한 일반화의 오류를 문제로 알아가는 활동입니다. 논리학적 개념은 정확하게 알지 못해도 제시된 예시를 통해서 충분히 답을 선택할 수 있습니다. 꼼꼼하게 읽어 볼 수 있도록 지도해 주세요.

41p

판결문 쓰기는 문제를 논리적으로 해결하고 자신의 주장을 설득력 있게 제시하는 대표적 글쓰기 방법입니다. 세 왕자의 유무죄를 판단하는 논리적 근거를 쓸 수 있으면 좋습니다.

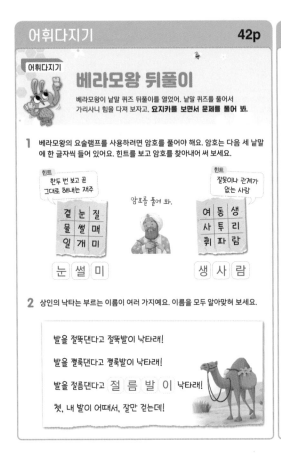

어휘다지기 　　　42p

어휘다지기

베라모왕 뒤풀이

베라모왕이 낱말 퀴즈 뒤풀이를 열었어. 낱말 퀴즈를 풀어서 가리사니 힘을 다져 보자고. **요지카를 보면서 문제를** 풀어 봐.

1 베라모왕의 요술램프를 사용하려면 암호를 풀어야 해요. 암호는 다음 세 낱말에 한 글자씩 들어 있어요. 힌트를 보고 암호를 찾아내어 써 보세요.

힌트
한두 번 보고 곧
그대로 해내는 재주

암호를 풀어 봐.

힌트
잘못이나 관계가
없는 사람

결	눈	질
물	썰	매
일	개	미

여	동	생
사	투	리
휘	파	람

눈 썰 미 　　　생 사 람

2 상인의 낙타는 부르는 이름이 여러 가지예요. 이름을 모두 알아맞혀 보세요.

발을 절뚝댄다고 절뚝발이 낙타래!

발을 쩔룩댄다고 쩔룩발이 낙타래!

발을 절름댄다고 절 름 발 이 낙타래!

쳇, 내 발이 어때서, 잘만 걷는데!

어휘다지기 　　　43p

3 낱말을 '-게'로 끝나게 바꾸었어요. 게들이 중얼거리는 낱말 풀이를 보고 낱말을 써 보세요.

나를 먹으면 흠이나 탈이 없이
아주 온전해져, 멀쩡해지는 게지.

그래서
멀 쩡 하 게 야!

나를 먹으면 매우 생각이 깊고
조심스러워져, 신중해지는 게지.

그래서
신 중 하 게 야!

나를 먹으면? 히히, 아무런 잘못 없이
억울해져, 애꿎어지는 게지!

그래서
애 꿎 게 야!

으크, 이 게가 아니네.

4 저울이 글자 수가 많은 쪽으로 기울어졌어요. 저울에 어떤 낱말이 올려져 있는 걸까요? 알맞은 낱말을 요지카에서 찾아 빈칸에 써 보세요.

매우 급하게
부 랴 부 랴

한결같이 고집스럽게
한 사 코

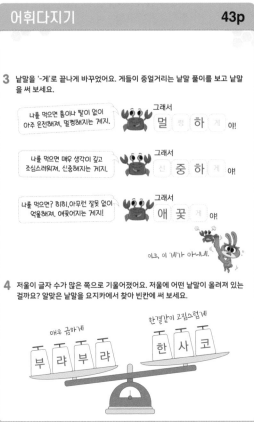

해설

42~43p

요지카에서 다룬 어휘를 다시 한번 문제로 풀어보면서 어휘력을 기를 수 있습니다. 요지카를 보면서 문제를 풀 수 있도록 지도해 주세요.

132

2장 옥구슬은 누구 것인가?

준비하기   46p

> ⭐ 헌책방 주인
> 내 헌책방에서 나온
> 상품권이니까 내 거야!

> ⭐ 헌책을 산 사람
> 내가 산 책에서 나온
> 상품권이니까 내 거야!

⇨ ⭐ 헌책을 헌책방에 판 사람

내가 판 책에서 나온 상품권이니까 내 거야!

➕ 마지막에 책을 가지고 있는 사람이 물건의 주인이라고 할 수 있어요.

해설 46p

각자의 주장에서 타당성을 따져보는 활동입니다. 누가 상품권의 주인이라고 생각하는지 충분한 이유를 더 생각해 보면 좋습니다.

들어보기 1~6   48~59p

볼기 - 6	단번에 - 3
도리 - 5	마찬가지 - 1
티격태격 - 8	실속 - 2
빛 좋은 개살구 - 4	이리 - 7

해설 48~59p

소리 내어 정독할 수 있도록 지도해 주시고, 부모님이 함께 읽어주셔도 좋습니다. 활동지에 있는 요지카를 미리 잘라서 준비해 놓고, 이야기를 읽으면서 요지카로 어려운 낱말을 함께 익힐 수 있도록 지도해 주세요.

따져보기1   51p

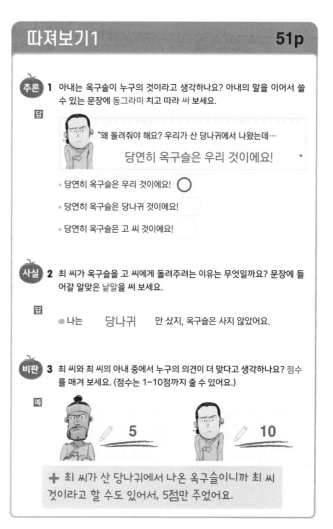

추론 1 아내는 옥구슬이 누구의 것이라고 생각하나요? 아내의 말을 이어서 쓸 수 있는 문장에 동그라미 치고 따라 써 보세요.

답

> "왜 돌려줘야 해요? 우리가 산 당나귀에서 나왔는데…
> **당연히 옥구슬은 우리 것이에요!** "

- 당연히 옥구슬은 우리 것이에요! ⭕
- 당연히 옥구슬은 당나귀 것이에요! ☐
- 당연히 옥구슬은 고 씨 것이에요! ☐

사실 2 최 씨가 옥구슬을 고 씨에게 돌려주려는 이유는 무엇일까요? 문장에 들어갈 알맞은 낱말을 써 보세요.

답
- 나는   당나귀   만 샀지, 옥구슬은 사지 않았어요.

비판 3 최 씨와 최 씨의 아내 중에서 누구의 의견이 더 맞다고 생각하나요? 점수를 매겨 보세요. (점수는 1~10점까지 줄 수 있어요.)

예   5   10

➕ 최 씨가 산 당나귀에서 나온 옥구슬이니까 최 씨 것이라고 할 수도 있어서, 5점만 주었어요.

해설
51p

1. 문맥의 의미를 통해서 아내의 나머지 말을 추론해 보는 문제입니다. 문장을 따라 쓰면서 구조를 익혀 완성도 있는 문장 표현력도 기를 수 있습니다.
2. 핵심어를 넣어서 문장을 완성해 보고, 이야기에 제시된 논점을 정리해 보는 활동입니다.
3. 상반된 주장을 비교해 보고 어느 주장이 더 설득력 있는지 비판적으로 따져보는 활동입니다. 어느 한쪽의 주장을 무조건 틀리다고는 할 수 없으므로, 점수로 평가해 보도록 했습니다. 자신이 왜 그렇게 생각하는지 이유를 제시할 수 있도록 지도해 주세요.

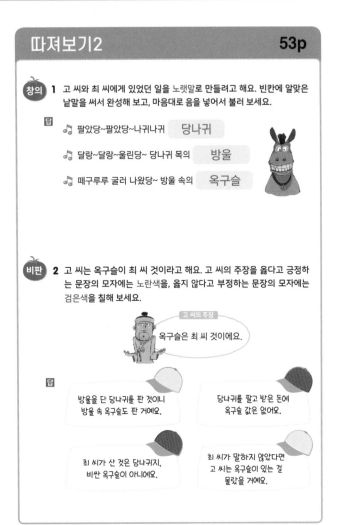

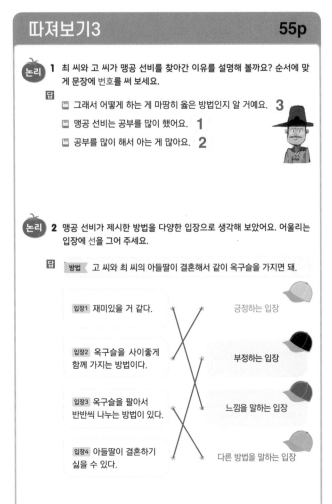

53p

1. 핵심어를 문장과 연결지어 보고, 노랫말에 어울리는 음을 넣어서 노래로도 표현해 보는 창의적 활동입니다. 문장에 어울리는 핵심어를 찾아서 쓸 수 있는지 살펴봐 주시고, 노래에 음을 붙여서 부른다면 왜 그런 음을 넣었는지 이유도 물어봐 주세요. 재치 있는 표현을 기대해 봅니다.

2. '여섯 색깔 사고 모자 기법'으로 생각해 보는 활동입니다. 여섯 색깔 사고 모자 기법에서 노란색은 긍적적인 사고 유형을, 검은색은 부정적인 사고 유형을 나타냅니다. 아직 토론 기법과 사고 기법을 익히기에 어린 나이지만, 생각을 구분해서 색칠해 보는 활동을 통해 사고 기법의 체계를 배울 수 있습니다.

55p

1. 이유를 논리적으로 제시할 수 있는 연습을 해보는 활동입니다. 평소에도 이유를 제시할 때 단순히 결론만 말하지 말고 과정까지 설명할 수 있도록 지도해 주시면 좀 더 설득력 있는 주장을 펼칠 수 있습니다.

2. '여섯 색깔 사고 모자 기법' 문제입니다. 하나의 주장을 여섯 가지 유형으로 사고하면서 생각을 폭넓게 진행할 수 있습니다. 여섯 색깔 사고 모자 기법에서 노란색은 긍정적인 사고 유형, 검은색은 부정적인 사고 유형, 빨간색은 느낌과 생각을 표현하는 사고 유형, 초록색은 여러 가지 해결방안을 제시하는 사고 유형입니다. 다소 어려울 수 있지만 차근차근 생각해 볼 수 있도록 지도해 주세요.

따져보기4　57p

추론 **1** 맹공 선비의 의견에 고 씨와 최 씨가 기가 막힌 이유는 무엇인지 써 보세요.

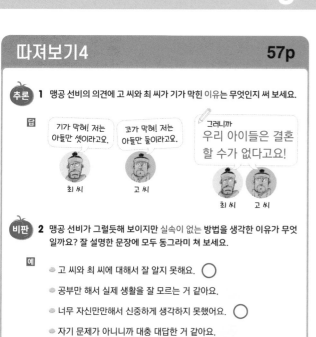

답

기가 막혀! 저는 아들만 셋이라고요.

코가 막혀! 저는 아들만 둘이라고요.

그러니까 우리 아이들은 결혼할 수가 없다고요!

최 씨　　고 씨

최 씨　　고 씨

비판 **2** 맹공 선비가 그럴듯해 보이지만 실속이 없는 방법을 생각한 이유가 무엇일까요? 잘 설명한 문장에 모두 동그라미 쳐 보세요.

예

● 고 씨와 최 씨에 대해서 잘 알지 못해요. ◯

● 공부만 해서 실제 생활을 잘 모르는 거 같아요.

● 너무 자신만만해서 신중하게 생각하지 못했어요. ◯

● 자기 문제가 아니니까 대충 대답한 거 같아요.

➕ 맹공 선비는 최 씨와 고 씨에게 딸이 없는지도 몰랐어요.

논리 **3** 옥구슬은 누가 가져야 할까요? 이유와 함께 써 보세요.

예

✏ 최 씨 아이들이 가져야 해요. 방울 속에 있는 옥구슬을 발견했으니까요. 아이들이 발견하지 않았다면 옥구슬이 있는지도 몰랐을 거예요.

따져보기5　59p

창의 **1** 원님의 생각대로 옥구슬을 둘로 나누면 어떻게 될까요? 그림으로 그려 보세요.

그림으로 마음껏 표현해 보세요.

그럼, 구슬이 상할 텐데요…!

논리 **2** 원님이 고 씨와 최 씨의 볼기짝을 친 이유는 무엇일까요? 잘 설명한 문장의 번호를 쓰고 이유를 써 보세요.

예

① 감히 나를 성가시게 해서 때렸다!

② 옥구슬을 가지고 싶어서 때렸다!

③ 옳은 방법을 알려 주려고 때렸다!

✏ ② 원님은 욕심쟁이니까 옥구슬을 뺏고 싶었을 거예요.

비판 **3** 원님이 말한 옳은 방법이 맞다고 생각하나요? 자신의 생각을 말해 보세요.

예

누구도 가지려고 하지 않으니까 내가 갖는 게 옳은 방법이야.

나를 귀찮게 했으니까 빼앗는 게 옳은 방법이야.

➕ 가지려는 사람이 없다고 해서 자신이 갖는 건 옳다고 할 수 없어요. 주인을 찾아주어야 해요.

➕ 귀찮게 했다고 해서 남의 물건을 빼앗는 건 옳지 않아요.

해설

57p

1. 문맥적 의미를 통해서 나머지 내용을 추론해서 문장으로 표현해 보는 활동입니다. 어렵지 않게 이어질 내용을 추론해 낼 수 있습니다. 답과 비슷한 내용을 썼다면 답으로 인정해 주세요.

2. 맹공 선비의 주장이 왜 잘못되었는지 비판해 보는 활동입니다. 비판적 근거는 여러 개로 제시될 수 있으므로, 어느 하나만 답으로 단정 짓지 않고 다양한 생각을 해 볼 수 있도록 지도해 주세요. 어느 것을 근거로 제시했든 답으로 인정해 주시고, 왜 그렇게 생각하는지 이유를 물어봐 주세요.

3. 주어진 논점에 자신의 생각을 밝히는 논리적 활동입니다. 정해진 답은 없습니다. 이유가 설득력 있는지 살펴봐 주세요.

59p

1. 원님의 생각을 그림으로 표현해 보는 창의적 활동입니다. 원님의 생각이 왜 잘못되었는지 비판적으로 따져볼 수도 있습니다.

2. 이야기에 나온 원님의 특성을 파악해서 원님의 행동을 근거를 들어 설명해 보는 활동입니다. 세 가지 모두 답이 될 수 있으니, 자신이 선택한 설명이 왜 답인지 이유를 들어볼 수 있도록 지도해 주세요.

3. 원님의 생각을 비판해 보는 활동입니다. 원님의 생각이 맞는지 그른지 자신의 생각을 이유를 들어 설득력 있게 말해 보면 좋습니다. 제시된 내용을 구체적으로 비판해 볼 수 있도록 지도해 주세요.

그림을 보고 이야기를 순서대로 정리해 보는 활동입니다. 그림을 보고 이야기를 간추려서 말해 볼 수 있도록 지도해 주세요.

등장인물들의 생각을 정리해 보는 활동입니다. 누가 무엇을 주장했는지 헷갈리지 않고 정확하게 정리해 볼 수 있습니다.

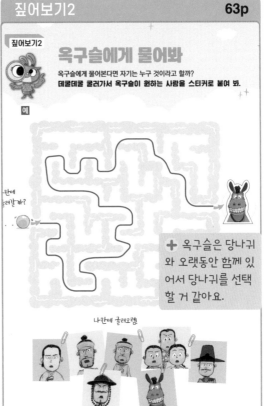

등장인물의 주장을 비판해 보는 활동입니다. 당나귀의 주장까지 곁들여서 재미있게 접근해 보았습니다. 모두의 주장이 다 다른데 어느 정도는 옳을 수도 그를 수도 있음을 다각적으로 따져볼 수 있습니다.

옥구슬의 입장이 되어서 주인을 고른다면 누구를 선택할지 창의적으로 생각해 보는 활동입니다. 정해진 답은 없습니다. 누구를 왜 선택했는지 이유를 꼭 물어봐 주세요.

짚어보기3   64p

짚어보기3

좋은 방법

맹공 선비가 옥구슬의 주인을 찾으려고 벽보를 썼어.
벽보에 어떤 내용이 들어가면 좋을지 글과 그림으로 꾸며 봐.

글과 그림으로 마음껏
표현해 보세요.

짚어보기4   65p

짚어보기4

이렇게 하면

당나귀가 맹공 선비의 말을 들으면서 세 사람 다 참 바보 같다며 기가 막힌 방법을 생각했대. **당나귀를 인터뷰해서 방법을 알아내고 써 봐.**

예

두 사람 아들딸을 혼인시키고 그들에게 옥구슬을 주면 돼!

우린 모두 아들뿐인데! 맹공 선비야? 맹꽁이 선비야?

당나귀야, 너한테 좋은 방법이 있다면서?

히이이잉~ 내 말대로 하면 된다는 말이지, 아니 당나귀지.

나한테만 살짝 알려줘.

옥구슬을 팔아서 최 씨와 고 씨가 돈을 반반씩 나눠가지면 되잖아.

아, 정말 그런 방법이 있었구나!

고 씨와 최 씨는 정말 맹꽁이란 말이지, 아니 당나귀지.

너 정말 멋지단 말이지, 아니 당나귀지.

이렇게 하면 되잖아!

짚어보기5   66p

짚어보기5

옥구슬은 어디서

도대체 옥구슬은 어디서 났을까? 당나귀만 알 것 같은데, 당나귀에게 물어보면 당나귀는 뭐라고 할지 이야기를 상상해서 그림으로 그리고 글로 써 봐.

그걸 이제 물어보나! 어떻게 된 것이냐면 말이지, 아니 당나귀지?

글과 그림으로 마음껏
표현해 보세요.

보고하기   67p

보고하기

독서 감상문

억울한 일을 당한 최 씨와 고 씨는 옳은 방법에 대해서 고민했다고 해. **이야기를 읽고 너는 어떤 생각이 들었는지 독서 감상문을 써 봐.**

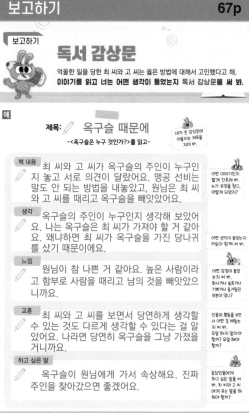

예

제목: 옥구슬 때문에
-<옥구슬은 누구 것인가?>를 읽고-

너가 쓴 감상문에 어울리는 제목을 지어 봐.

책 내용 최 씨와 고 씨가 옥구슬의 주인이 누구인지 놓고 서로 의견이 달랐어요. 맹공 선비는 말도 안 되는 방법을 내놓았고, 원님은 최 씨와 고 씨를 때리고 옥구슬을 빼앗었어요.

어떤 이야기인지 짧게 간추려 봐. 누가 무엇을 찾고, 어떻게 되었지?

생각 옥구슬의 주인이 누구인지 생각해 보았어요. 나는 옥구슬은 최 씨가 가져야 할 거 같아요. 왜냐하면 최 씨가 옥구슬을 가진 당나귀를 샀기 때문이에요.

어떤 생각이 들었는지 까닭과 함께 써 봐.

느낌 원님이 참 나쁜 거 같아요. 높은 사람이라고 함부로 사람을 때리고 남의 것을 빼앗으니까요.

어떤 감정이 들었는지 써봐. 화나거나 슬프거나 기쁘거나 즐거웠던 부분이 있니?

교훈 최 씨와 고 씨를 보면서 당연하게 생각할 수 있는 것도 다르게 생각할 수 있다는 걸 알았어요. 나라면 당연히 옥구슬을 그냥 가졌을 거니까요.

인물의 행동을 보면서 어떤 걸 배웠는지 써 봐. 무엇을 하지 말아야 할까? 무엇을 해야할까?

하고 싶은 말 옥구슬이 원님에게 가서 속상해요. 진짜 주인을 찾아갔으면 좋겠어요.

등장인물에게 하고 싶은 말을 써 봐. 최 씨와 고 씨에게 무슨 말을 해 줘야 할까?

해설

64p

옥구슬의 주인을 찾으려면 어떤 정보가 필요할지 정리해 보고, 필요한 정보를 글과 그림으로 표현해 보는 활동입니다.

65p

옥구슬의 주인을 찾는 문제를 독창적으로 해결해 보는 활동입니다. 새로운 방법을 모색할 수 있도록 당나귀에게 물어보는 설정을 했으니, 인터뷰 내용을 재미있게 채울 수 있도록 지도해 주세요.

66p

상상해서 글과 그림으로 표현해 내는 창의적 활동입니다. 이야기에는 없는 내용이지만, 이야기와 연관성 있게 전개되면 좋습니다. 재치 있게 마음껏 표현해 볼 수 있도록 아이의 생각을 존중해 주세요.

67p

이야기를 읽고 든 생각을 독서감상문을 쓰면서 정리해 보는 활동입니다. 설명에 나온 대로 차근차근 써볼 수 있도록 지도해 주세요.

어휘다지기 68p

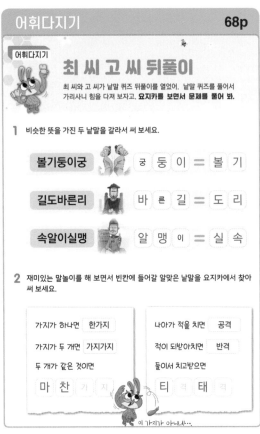

어휘다지기

최 씨 고 씨 뒤풀이

최 씨와 고 씨가 낱말 퀴즈 뒤풀이를 열었어. 낱말 퀴즈를 풀어서 가리사니 힘을 다져 보자고. **요지카를 보면서 문제를** 풀어 봐.

1 비슷한 뜻을 가진 두 낱말을 갈라서 써 보세요.

볼기둥이궁   궁 둥 이 = 볼 기

길도바른리   바 른 길 = 도 리

속알이실맹   알 맹 이 = 실 속

2 재미있는 말놀이를 해 보면서 빈칸에 들어갈 알맞은 낱말을 요지카에서 찾아 써 보세요.

가지가 하나면	한가지
가지가 두 개면	가지가지
두 개가 같은 것이면	마 찬 가 지

나아가 적을 치면	공격
적이 되받아치면	반격
둘이서 치고받으면	티 격 태 격

이 가지가 아니니...

어휘다지기 69p

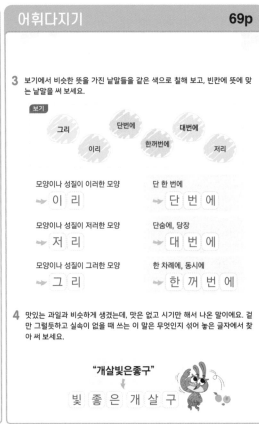

3 보기에서 비슷한 뜻을 가진 낱말들을 같은 색으로 칠해 보고, 빈칸에 뜻에 맞는 낱말을 써 보세요.

보기

그리   단번에   대번에   이리   한꺼번에   저리

모양이나 성질이 이러한 모양 → 이 리
모양이나 성질이 저러한 모양 → 저 리
모양이나 성질이 그러한 모양 → 그 리

단 한 번에 → 단 번 에
단숨에, 당장 → 대 번 에
한 차례에, 동시에 → 한 꺼 번 에

4 맛있는 과일과 비슷하게 생겼는데, 맛은 없고 시기만 해서 나온 말이에요. 겉만 그럴듯하고 실속이 없을 때 쓰는 이 말은 무엇인지 섞어 놓은 글자에서 찾아 써 보세요.

"개살빛은좋구"
↓
빛 좋 은 개 살 구

68~69p

요지카에서 다룬 어휘를 다시 한번 문제로 풀어보면서 어휘력을 기를 수 있습니다. 요지카를 보면서 문제를 풀 수 있도록 지도해 주세요.

준비하기   72p

예

| 소원 ☑ / 욕심 ☐ | 놀이동산에 가고 싶어요! | 놀이동산에서 아주 살고 싶어요! | 소원 ☐ / 욕심 ☑ |

| 소원 ☑ / 욕심 ☐ | 시험 볼 때마다 백 점 받고 싶어요! | 공부 안 해도 백 점 받고 싶어요! | 소원 ☐ / 욕심 ☑ |

➕ 노력도 하지 않고 백 점을 받고 싶어 한다면 그건 욕심이에요.

| 소원 ☑ / 욕심 ☐ | 스케이트를 잘 타고 싶어요! | 내일 당장 스케이트를 잘 타고 싶어요! | 소원 ☐ / 욕심 ☑ |

| 소원 ☑ / 욕심 ☐ | 주인님과 함께 산책 가고 싶어요! | 주인을 데리고 산책 가고 싶어요! | 소원 ☑ / 욕심 ☐ |

➕ 강아지도 마음대로 하고 싶을 거 같아요.

해설 72p

소원과 욕심을 구분지어 보면서 차이점을 이해하고, 올바른 마음가짐의 자세를 생각해 보는 활동입니다.

들어보기 1~6   74~85p

곧바로 - **3**	까짓것 - **5**
냅다 - **2**	속셈 - **1**
잔꾀 - **8**	참다못하다 - **6**
체면 - **4**	치장 - **7**

해설 74~85p

소리 내어 정독할 수 있도록 지도해 주시고, 부모님이 함께 읽어 주셔도 좋습니다. 활동지에 있는 요지카를 미리 잘라서 준비해 놓고, 이야기를 읽으면서 요지카로 어려운 낱말을 함께 익힐 수 있도록 지도해 주세요.

따져보기1   77p

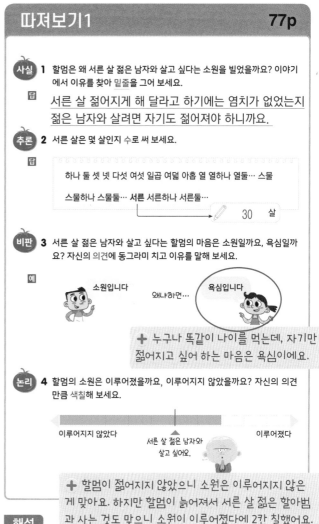

사실 1 할멈은 왜 서른 살 젊은 남자와 살고 싶다는 소원을 빌었을까요? 이야기에서 이유를 찾아 밑줄을 그어 보세요.

답 <u>서른 살 젊어지게 해 달라고 하기에는 염치가 없었는지 젊은 남자와 살려면 자기도 젊어져야 하니까요.</u>

추론 2 서른 살은 몇 살인지 수로 써 보세요.

답 하나 둘 셋 넷 다섯 여섯 일곱 여덟 아홉 열 열하나 열둘… 스물 스물하나 스물둘… 서른 서른하나 서른둘…   ✏ 30 살

비판 3 서른 살 젊은 남자와 살고 싶다는 할멈의 마음은 소원일까요, 욕심일까요? 자신의 의견에 동그라미 치고 이유를 말해 보세요.

예 소원입니다   왜냐하면…   욕심입니다

➕ 누구나 똑같이 나이를 먹는데, 자기만 젊어지고 싶어 하는 마음은 욕심이에요.

논리 4 할멈의 소원은 이루어졌을까요, 이루어지지 않았을까요? 자신의 의견만큼 색칠해 보세요.

이루어지지 않았다   서른 살 젊은 남자와 살고 싶어요.   이루어졌다

➕ 할멈이 젊어지지 않았으니 소원은 이루어지지 않은 게 맞아요. 하지만 할멈이 늙어져서 서른 살 젊은 할아범과 사는 것도 맞으니 소원이 이루어졌다에 2칸 칠했어요.

해설

77p

1. 할머니의 소원에 담긴 의미를 해석해서 할머니의 속마음을 찾아내는 문제입니다. '염치가 없다'는 말의 의미를 이해하기 어려워할 수 있으니, '부끄러움을 아는 마음이 없다'로 풀어서 설명해 주세요.
2. 한글로 수를 읽는 연습을 해보면서 '서른'이 무슨 수인지 추론해 보는 문제입니다. 아울러 마흔, 쉰, 예순, 일흔, 여든, 아흔까지 알려주셔도 좋습니다.
3. 할멈의 바람이 소원인지 욕심인지 비판적으로 따져보는 활동입니다. 자신의 의견을 뒷받침하는 이유를 조리 있게 말할 수 있으면 좋습니다.
4. 할멈의 소원이 이루어졌는지 다각도로 분석해 보고, 자신의 생각을 정리해 보는 활동입니다. 의견만큼 색칠한 다음에, 왜 그렇게 생각하는지 이유를 말할 수 있도록 지도해 주세요.

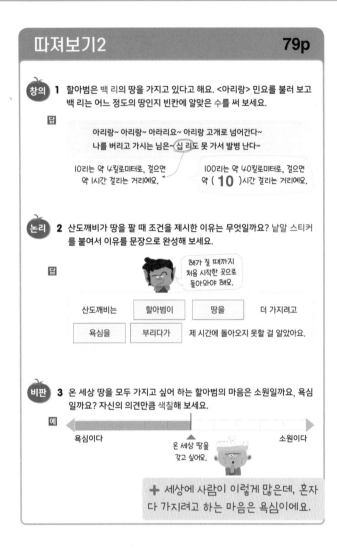

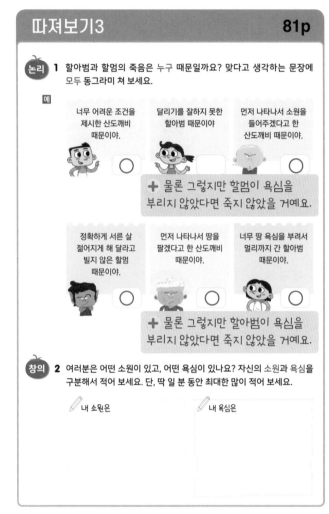

해설

79p

1. 우리 민요 〈아리랑〉을 부르면서 가사에 있는 '리'의 단위를 이해해 보고, 책 속에 나오는 100리의 범위를 계산해 보는 창의적 활동입니다. 단순한 학습보다는 주변의 생활과 문화로 접근해 보는 방식이 더 다양하고 재미있는 학습을 가능하게 합니다.

2. 산도깨비가 조건을 제시한 이유를 낱말 스티커를 붙여서 문장으로 완성해 보는 논리적 활동입니다. 문장을 짜임새 있게 쓰기 위한 훈련이며, 문장의 완성도를 높여서 논리적 설득력을 갖출 수 있는 활동입니다.

3. 할어범의 바람이 소원인지 욕심인지 비판적으로 따져보는 활동입니다. 자신의 의견을 뒷받침하는 이유를 말해 볼 수 있도록 지도해 주세요.

81p

1. 할아범이 죽은 이유를 다각적으로 분석해 보는 추론 활동입니다. 할아범이 달리기를 잘하지 못했다는 의미는 문맥에서 찾을 수 없으므로, 타당성이 부족합니다. 답이 여러 개일 수 있으므로 왜 그렇게 생각하는지 이유를 물어봐 주시고, 아이의 생각을 넓은 마음으로 수용해 주세요.

2. 주인공처럼 자신에게도 욕심이 있는지 생각해 보고, 자신에게 소원과 욕심은 어떤 차이가 있는지 구분지어 보는 활동입니다. 재미있게 진행하기 위해서 제한시간을 1분으로 정했습니다. 시간을 재면서 활동해 보면 더욱 즐겁게 진행할 수 있습니다.

따져보기4　　　83p

 1 서로 자기 소원을 먼저 들어 달라고 떼를 쓰는 할아범과 할멈에게 산도깨비는 조건을 달았어요. 여러분이 산도깨비라면 어떤 조건을 달지 생각해서 써 보세요.

예

> 내 소원 먼저 들어줘야 해!

이 욕심쟁이들 봐라! 그렇다면…

할아범의 소원은 할멈에게 이루어지게 만들고, 할멈의 소원은 할아범에게 이루어지게 만들어 줄게.

 2 할아범과 할멈이 서로 입을 꼭 다물고 소원을 말하지 않는 이유는 무엇인가요? 할아범과 할멈의 속마음에 들어갈 낱말을 써 보세요.

답

다른 사람이 두 배나 되는 소원을 이루면 　샘　 이 나.

 3 할아범, 할멈과 같은 욕심쟁이는 누가 있을까요? 여러분이 알고 있는 사람이나 책에서 찾아 써 보세요.

예

> 내가 알고 있는 사람 중에도 욕심쟁이가 있어.

> 책에서도 찾아볼까?

흥부와 놀부 이야기에서 놀부가 할멈, 할아범과 비슷해요.

따져보기5　　　85p

 1 지옥에 보내 달라는 할멈의 말은 진짜로 소원이 맞을까요? 빈칸에 들어갈 낱말을 보기에서 골라 쓴 다음, 할멈의 소원을 잘 풀이한 문장에 ✓표해 보세요.

> **보기**　　뉘우침　　저주　　욕심

답
- ✓ 할멈의 소원은 할아범이 불행해지기를 바라는 　저주　 예요.
- ☐ 할멈의 소원은 자신의 잘못을 깨달은 　뉘우침　 이에요.
- ☐ 할멈의 소원은 자신만 생각하는 　욕심　 이에요.

> ✚ 할멈은 진짜 지옥에 가고 싶은 게 아니라, 할아범이 지옥보다 더한 곳에 가기를 바라서 소원을 빈 거예요.

 2 할멈이 먼저 소원을 말했으니 할아범의 소원은 자동적으로 이루어질 거예요. 할아범에게 이루어지는 소원은 무엇인지 써 보세요.

답

> 저를 지옥에 보내 주세요.

지옥보다 두 배 더 심한 지옥으로 가는 게 할아범의 소원이에요.

 3 욕심과 소원을 사전에서는 어떻게 설명해 놓았는지 살펴보고, 이 낱말의 의미를 다시 정한다면 뭐라고 할지 생각해서 써 보세요.

예

나만의 사전

욕심 지나치게 무엇을 탐내거나 누리려는 마음	**욕심** 자꾸 더 많이 가지려는 마음
소원 어떤 일이 이루어지기를 바라는 마음	**소원** 잘되기를 바라는 마음

해설

83p

1. 욕심쟁이를 혼내줄 만한 조건은 무엇이 있을지 생각해 보는 창의적 활동입니다. 기발하고 재치 있는 생각이 기대됩니다.

2. 할멈과 할아범의 속마음을 추론해서 써보면서 등장인물의 성격과 특징을 이해하고 표현해 내는 활동입니다. 진짜 등장인물이 된 것처럼 흉내 내어 읽어봐도 좋습니다.

3. 주인공의 특징을 비판적으로 따져본 후, 주인공과 비슷한 사람을 찾는 활동입니다. 주변에서 '욕심쟁이'라고 생각하는 사람을 쓰거나, 책에서 읽은 욕심쟁이를 찾아 쓸 수 있도록 지도해 주세요. 자신이 쓴 사람의 어떤 부분이 욕심쟁이처럼 보였는지 더 말해 보면 좋습니다.

85p

1. 할멈이 왜 그런 소원을 빌었는지 의도를 추론해 보고, 문장으로 풀이해 보는 문제입니다. 먼저 적절한 낱말을 넣어 문장을 완성해 본 후, 할멈의 의도와 잘 맞아떨어지는 문장을 찾으면 됩니다.

2. 이야기를 잘 이해하고 있는지 확인하고, 이야기에 숨어 있는 문맥적 의미를 문장으로 써보는 활동입니다.

3. 이야기의 핵심어 '욕심'과 '소원'의 사전적 정의를 이해한 다음, 자신이 직접 정의를 내려보는 창의적 활동입니다. 이야기와 활동을 통해 충분히 욕심과 소원의 차이점을 익혔으니 어렵지 않게 써볼 수 있습니다.

간추리기1　86p

간추리기1

산도깨비 이야기

산도깨비가 미로를 통과하면서 번호가 나올 때마다 이야기를 순서대로 들려준대. 알맞은 그림을 찾아서 빈칸에 번호를 써 봐.

답

소원을 말해 봐~

출발

도착　지옥행!

간추리기2　87p

간추리기2

까짓것

할아범과 할멈의 소원이 어떻게 이루어졌을까? 이들의 소원과 어울리는 그림에 선을 긋고, 빈칸에 그림을 그려 봐.

답

까짓것 소원대로…

서른 살쯤 젊은 남자와 살고 싶어요!

세상 모든 땅이 내 땅이 되면 좋겠어요!

저를 지옥으로 보내 주세요!

그림으로 마음껏 표현해 보세요.

86p

이야기를 잘 기억하고 있는지 그림으로 다시 확인해 보는 활동입니다. 그림을 보면서 내용을 간추려서 말해 보면 좋습니다.

87p

이야기에 나오지 않는 뒷부분을 상상해서 그림으로 표현해 보는 활동입니다. 욕심쟁이 할멈과 할아범의 마지막 소원은 어떻게 이루어질지 생각해 볼 수 있으며, 생각을 다양하게 표현해 볼 수 있습니다.

짚어보기1　88p

짚어보기1

욕심의 끝

원하는 대로 이루어졌다면 할멈과 할아범은 만족했을까? 이들이 어떤 표정을 지었을지 그려 보고, 만족했을지 동그라미 쳐 봐.

예

원하는 대로 할멈을 서른 살 젊어지게 해 주어야지.

만족　불족

원하는 대로 할아범에게 넓고 넓은 땅을 백 원에 팔아야지.

만족　불만족

＋ 이들의 욕심은 끝이 없을 거 같아요.

원하는 대로 할멈을 지옥에 보내고, 할아범을 지옥보다 두 배 더 나쁜 곳에 보내야지.

만족　불만족

만족　불만족

＋ 지옥에 갔는데 만족할 수는 없을 거 같아요.

짚어보기2　89p

짚어보기2

누가 더

할멈과 할아범은 서로 욕심쟁이라며 끝까지 다투었다. 빈칸에 들어갈 말을 쓰고 누가 더 욕심쟁이인지 벌점을 매겨 봐.

예

벌점 100　벌점 100

＋ 서로 욕심을 부리니까 벌점은 둘 다 100점이에요.

이 욕심쟁이 할망구야! 망구 때문에 내가 지옥보다 더 무서운 곳으로 가게 생겼잖아!

흥! 웃기시네! 누구더러 욕심쟁이래? 나보다 두 배 더 받으려고 입을 꼭 다물고 있는 사람이 누구였는데?

그렇다고 지옥에 가게 해달라고 소원을 빌면 어떻게 해?

그래도 나보다 영감탱이가 더 심한 지옥에 가는 거니까 괜찮아.

88p

욕심대로 이루어지면 과연 만족할 수 있을지 주인공의 입장에서 고민해 보고, 욕심에는 끝이 없음을 생각해 보는 활동입니다. 만족과 불만족을 선택한 후, 왜 그런 선택을 했는지 이유까지 말할 수 있도록 지도해 주세요.

89p

할아범과 할멈이 서로의 욕심을 어떻게 받아들이는지 대화로 완성해 보는 활동입니다. 더불어 욕심쟁이에게 벌점을 준다면 몇 점을 줄지, 누가 더 높은 벌점을 받아야 하는지 따져볼 수 있습니다.

짚어보기3　90p

짚어보기3

이럴 수도

할멈과 할아범의 마지막 소원은 무엇이면 좋을까? 둘의 소원을 모두 이룰 수 있는 방법을 고민해서 할아범의 소원을 써 봐!

예

이럴 수도 있었다고!

왜 지금 말하는 거냐

할아범을 나보다 서른 살 반,
열다섯 살쯤 젊게 해 주세요!

할멈에게
✏ 산도깨비 땅을
절반 주세요.

∨∨∨　　∨∨∨

할아범은 열다섯 살 젊어지고 나는 두 배로 서른 살 젊어졌지.

나는 산도깨비 땅 절반을 가지게 되었고,

나는 두 배로 산도깨비 땅 모두를 가지게 되었지.

짚어보기4　91p

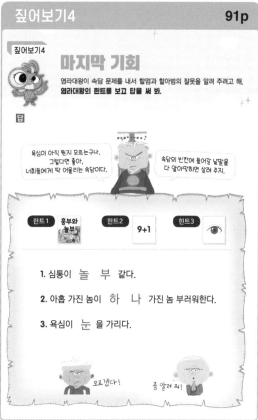

짚어보기4

마지막 기회

염라대왕이 속담 문제를 내서 할멈과 할아범의 잘못을 알려 주려고 해. 염라대왕의 힌트를 보고 답을 써 봐.

답

욕심이 아직 뭔지 모르는구나. 그렇다면 좋아, 너희들에게 딱 어울리는 속담이다.

속담의 빈칸에 들어갈 낱말을 다 알아맞히면 살려 주지.

| 힌트1 | 흥부와 놀부 | 힌트2 | 9+1 | 힌트3 | 👁 |

1. 심통이 놀 **부** 같다.

2. 아홉 가진 놈이 **하** **나** 가진 놈 부러워한다.

3. 욕심이 **눈** 을 가리다.

모르겠다!

좀 알려 줘!

짚어보기5　92p

짚어보기5

어떤 방법

할멈과 할아범이 욕심 부리는 것을 고쳐 줄 좋은 방법은 없을까? 좋은 방법을 생각해서 네 컷 만화로 꾸며 봐.

글과 그림으로 마음껏 표현해 보세요.

그런 방법이 있나?

보고하기　93p

보고하기

뒷이야기 쓰기

산도깨비는 욕심쟁이 할멈과 할아범을 어떻게 해야 할지 모르겠나 봐. 네가 작가라면 이들을 어떻게 할지 뒷이야기를 상상해서 써 봐.

❶ 뒤에 이어질 내용을 상상해 봐.

단, 뒷이야기에서는 등장인물의 성격이나 특징, 이야기의 배경 등도 이어지면 좋아.

❷ 새로운 사건을 만들어 봐.

앞에서 일어난 사건과 관계가 있으면 좋아.

❸ 사건이 충분히 이해되도록 이야기를 연결해 봐.

예

✏ 제목　지옥에 간 욕심쟁이 할멈과 할아범

할멈과 할아범을 데리고 지옥보다 더한 곳을 찾아다녔어. 할멈이 할아범이 지옥보다 더한 곳에 가는지 직접 눈으로 봐야겠다고 우겼거든. 우리가 간 곳은 욕심쟁이들만 모여 있는 지옥이었어. 그곳에는 음식이 잔뜩 쌓여 있는데, 아무도 먹지를 못하는 거야. 젓가락이 아주아주 길었거든. 그래서 음식을 집어도 입에 넣을 수가 없었던 거지. 그걸 보더니 할멈이 말했어.
"에구구, 젓가락으로 집어서 다른 사람 입에 넣어주면 되잖아. 서로 먹여주면 될 텐데….'
그러자 그곳에 있는 욕심쟁이가 말했어.
"흥, 절대로 남의 입에 음식이 들어가는 꼴은 못 보지."
할아범이 말했어.
"저런, 몹쓸 욕심쟁이들."
결국, 할멈과 할아범은 욕심이 얼마나 나쁜지 깨달았어.

90p

욕심만 부리지 않았다면 할멈과 할아범의 마지막은 다를 수 있었을 거라는 사실을 확인해 보는 활동입니다. 예시로 나온 할멈의 소원을 먼저 본 후, 할아범의 소원을 추론해 낼 수 있도록 지도해 주세요.

91p

욕심과 관련된 속담을 주어진 힌트로 추론해 내는 문제입니다. 힌트를 보고 빈칸에 들어갈 낱말을 쓰도록 지도해 주세요.

92p

산도깨비처럼 욕심쟁이를 고쳐줄 방법을 독창적으로 생각해서 만화로 꾸며보는 활동입니다. 만화는 그림과 글로 이루어져 다양한 표현이 가능하고 아이들이 좋아하는 매체여서 즐겁게 활동할 수 있습니다.

93p

뒷이야기를 상상해서 써보는 활동입니다. 뒷이야기를 쓸 때, 지켜야 하는 방법을 참고해서 설득력 있고 개연성 있는 글이 될 수 있도록 지도해 주세요.

어휘다지기 산도깨비 뒤풀이

산도깨비가 낱말 퀴즈 뒤풀이를 열었어. 낱말 퀴즈를 풀어서 가리사니 힘을 다져 보자고. **요지카를 보면서 문제를 풀어 봐.**

1 산도깨비들이 좋아하는 노래를 불러 주면 소원을 들어준다고 해요. 그런데 노래에서 글자 하나가 빠졌어요. 빈칸에 들어갈 글자를 써 보세요.

무슨 소원 들어줄래, 산도깨비
안 정한 거라면 아무것
웬만한 거라면 좀쳇것
별거 아니라면 [까] 짓것

어찌 소원 들어줄래, 산도깨비
가끔가다 뜻밖에는 어쩌다
힘껏 마구마구는 들입다
몹시 빨리 세차게는 [냅] 다

2 뿌토와 가라사대왕이 재미있는 면과 장을 먹고 있어요. 무엇인지 알아맞혀 볼까요? 빈칸에 들어갈 글자를 써 보세요.

먹으면 남을 대하는 태도나 입장이 떳떳해진다는 면이래!
➡ [체] 면

먹으면 화장한 것처럼 보기 좋고 고와지는 장이래!
➡ [치] 장

3 할멈과 할아범이 우리가 낱말 익히는 게 배가 아팠나 봐요. 갑자기 낱말의 뜻을 엉터리로 알려 주고 있어요. 바른 낱말은 무엇인지 써 보세요.

머뭇거리지 않고 그 즉시에라는 뜻이지. 바로 '**곧비뚜로**'야!
➡ [곧] [바] [로]

참고 참다가 더 참을 수가 없어서라는 뜻이지. 바로 '**참다잘해**'야!
➡ [참] [다] [못] [해]

약고도 쩨쩨한 얕은꾀라는 뜻이지. 바로 '**굵은꾀**'야!
➡ [잔] [꾀]

마음속으로 몰래 하는 생각이나 계산이라는 뜻이지. 바로 '**겉셈**'이야!
➡ [속] [셈]

4 3번 문제에서 답으로 나온 낱말을 넣어서 문장을 완성해 보세요.

[잔] [꾀] 을(를) 부리더니 꼴좋다.

네 뻔한 [속] [셈] 은(는) 이미 알고 있었어.

해설

94~95p

요지카에서 다룬 어휘를 다시 한번 문제로 풀어보면서 어휘력을 기를 수 있습니다. 요지카를 보면서 문제를 풀 수 있도록 지도해 주세요.

준비하기　98p

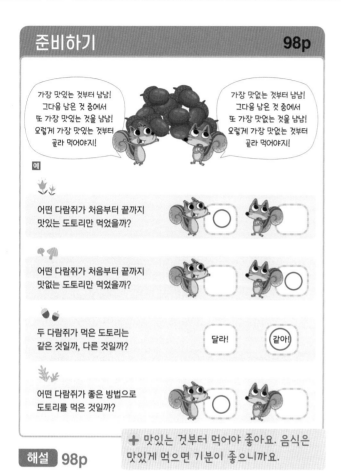

가장 맛있는 것부터 냠냠!
그다음 남은 것 중에서
또 가장 맛있는 것을 냠냠!
오렇게 가장 맛있는 것부터
골라 먹어야지!

가장 맛없는 것부터 냠냠!
그다음 남은 것 중에서
또 가장 맛없는 것을 냠냠!
오렇게 가장 맛없는 것부터
골라 먹어야지!

예

🌱
어떤 다람쥐가 처음부터 끝까지
맛있는 도토리만 먹었을까?

🍄
어떤 다람쥐가 처음부터 끝까지
맛없는 도토리만 먹었을까?

🌰
두 다람쥐가 먹은 도토리는
같은 것일까, 다른 것일까?

달라!　　같아!

🌿
어떤 다람쥐가 좋은 방법으로
도토리를 먹은 것일까?

➕ 맛있는 것부터 먹어야 좋아요. 음식은
맛있게 먹으면 기분이 좋으니까요.

해설 98p

재미있는 예시를 통해 생각의 차이를 이해해 보는 활동입니다.
정해진 답이 없고, 자신이 생각하고 판단한 부분에 명확하게
이유를 제시할 수 있으면 좋습니다.

들어보기 1~6　100~110p

가만 - 6	겸연쩍다 - 8
넙죽 - 1	둘러대다 - 3
뻔히 - 7	약삭빠르다 - 2
오죽 - 4	주뼛하다 - 5

해설 100~110p

소리 내어 정독할 수 있도록 지도해 주시고, 부모님이 함께 읽어
주셔도 좋습니다. 활동지에 있는 요지카를 미리 잘라서 준비해
놓고, 이야기를 읽으면서 요지카로 어려운 낱말을 함께 익힐 수
있도록 지도해 주세요.

따져보기1　103p

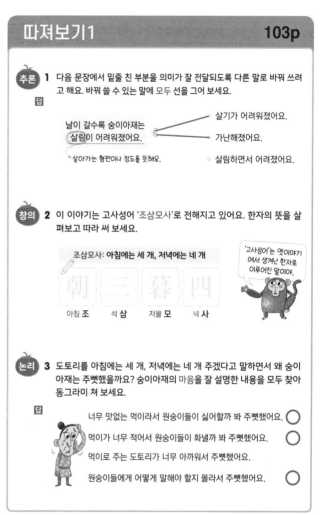

추론 1 다음 문장에서 밑줄 친 부분을 의미가 잘 전달되도록 다른 말로 바꿔 쓰려
고 해요. 바꿔 쓸 수 있는 말에 모두 선을 그어 보세요.

답

날이 갈수록 숭이아재는
살림이 어려워졌어요.

ꞏ살아가는 형편이나 정도를 뜻해요.

• 살기가 어려워졌어요.
• 가난해졌어요.
• 살림하면서 어려워졌어요.

창의 2 이 이야기는 고사성어 '조삼모사'로 전해지고 있어요. 한자의 뜻을 살
펴보고 따라 써 보세요.

조삼모사: 아침에는 세 개, 저녁에는 네 개

朝 三 暮 四

아침 조　석 삼　저물 모　넉 사

'고사성어'는 옛이야기
에서 생겨난 한자로
이루어진 말이야.

논리 3 도토리를 아침에는 세 개, 저녁에는 네 개 주겠다고 말하면서 왜 숭이
아재는 주뼛했을까요? 숭이아재의 마음을 잘 설명한 내용을 모두 찾아
동그라미 쳐 보세요.

답

너무 맛없는 먹이라서 원숭이들이 싫어할까 봐 주뼛했어요. ◯

먹이가 너무 적어서 원숭이들이 화낼까 봐 주뼛했어요. ◯

먹이로 주는 도토리가 너무 아까워서 주뼛했어요. ◯

원숭이들에게 어떻게 말해야 할지 몰라서 주뼛했어요. ◯

해설

103p

1. 살림이 어렵다는 말의 의미를 문맥적으로 추론해 보는 활동
   입니다. 잘 쓰지 않는 표현을 잘 쓰는 표현으로 바꿔보면서
   의미를 명확하게 이해할 수 있습니다. 두 개의 답을 모두 찾
   지 못하면 더 생각해 볼 수 있도록 지도해 주세요.

2. 고사성어 조삼모사를 직접 써보는 활동입니다. 한자 쓰기는
   어렵게 느껴질 수 있지만, 그림자 글자를 천천히 따라 쓸 수
   있도록 지도해 주세요.

3. 숭이아재가 주뼛거리는 이유를 여러 각도로 살펴보고 합리
   적인 이유를 찾는 논리적 활동입니다. 답이 3개 있지만, 모
   두 찾지 못하더라도 천천히 더 생각해 볼 수 있도록 여유를
   가지고 지켜봐 주세요.

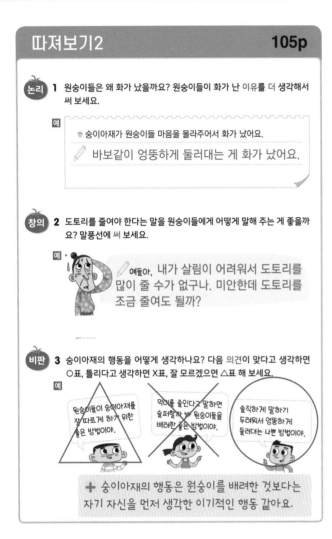

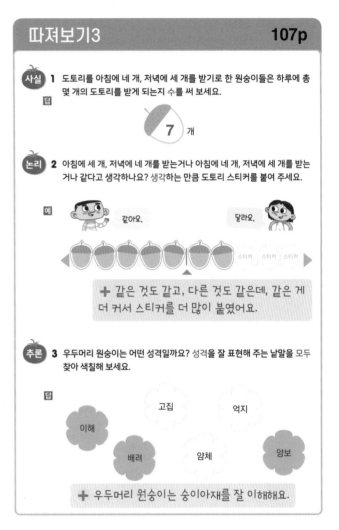

해설

105p

1. 원숭이들이 화를 낸 이유를 여러 각도로 살펴보고 합리적인 이유를 찾는 논리적 활동입니다. 다양하게 논리적 근거를 생각해 볼 수 있도록 아이의 생각을 존중해 주세요.

2. 원숭이들에게 솔직하게 표현하는 방법을 고민해 보고, 어떻게 말하면 좋을지 생각해 보는 활동입니다.

3. 숭이아재의 행동을 비판적으로 따져보는 활동입니다. 제시된 다양한 의견을 하나하나 따져보고 맞는지 틀린지 판단해 볼 수 있도록 지도해 주세요. 정해진 답이 없고 자신이 왜 그렇게 생각하는지 이유를 말하면 좋습니다.

107p

1. 이야기에서 하루에 제공되는 원숭이들의 먹이가 몇 개인지 확인해 보는 사실적 질문입니다.

2. 원숭이들의 생각이 설득력 있는지 따져보는 논리적 활동입니다. 의견에 어느 정도 동의하는지 도토리 스티커를 붙여서 표현해 볼 수 있습니다. 왜 그렇게 판단했는지 이유를 꼭 물어봐 주세요.

3. 우두머리 원숭이의 성격을 잘 나타내는 낱말을 찾으면서 성격을 자세하게 파악해 보는 활동입니다. 주어진 낱말이 어떤 뜻인지 먼저 생각해 보고, 모르는 낱말이 있다면 설명을 해주거나 예문을 말해 주면 좋습니다. "동생에게 자전거를 먼저 타라고 양보했어요."

따져보기4　109p

 1 원숭이들이 아침에 세 개, 저녁에 네 개를 받는 것보다 아침에 네 개, 저녁에 세 개를 받는 것이 낫다고 생각하는 이유를 찾아 동그라미 쳐 보세요.

> 숭이아재의 마음이 언제 또 바뀔지 모르기 때문에 아침에 많이 받아 놓는 게 나아요.

> 아침에 네 개를 받으면 더 많이 받은 것 같은 기분이 들기 때문에 아침에 많이 받는 게 나아요.

> 저녁보다는 아침에 배가 더 고프기 때문에 아침에 많이 받는 게 나아요.

 2 숭이아재의 잔꾀에 속는 척한 행동을 얌체 같다고 할 수 있을까요? 자신의 의견에 동그라미 친 후, 이유를 써 보세요.

> 속는 척하는 건 남을 속이는 것과 같으니 얌체 같아요. **있다!**

> **없다!** 숭이아재를 위한 행동이니 얌체 같지 않아요.

 3 원숭이들의 행동은 숭이아재도 좋고 원숭이들에게도 좋다고 해요. 이렇게 동시에 두 가지 이익을 얻을 때 쓰는 고사성어를 살펴보고 따라 써 보세요.

일석이조: 돌 한 개를 던져 두 마리 새를 잡는다.

> 한 가지 일을 해서 두 가지 이익을 얻을 때 쓰는 말이야.

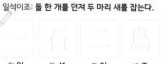
一 石 二 鳥
한 일　돌 석　두 이　새 조

따져보기5　111p

 1 숭이아재가 원숭이를 키우는 것처럼 반려동물을 키우는 사람들이 많아요. 반려동물을 키우면 좋은 점은 무엇일지 써 보세요.

> 마음에 안정감을 주어요.
> 공감하는 마음을 길러요.
> 책임감을 길러요.
> 감성이 발달해요.

 2 원숭이들이 사실을 말하지 못하는 이유는 무엇일까요? 이야기에서 찾아 밑줄을 그어 보세요.

> 사실은요... 사실대로 말하면 숭이아재가 얼마나 부끄럽겠어요. 또 우리 사이는 얼마나 어색해지겠어요.

 3 원숭이들처럼 이러지도 저러지도 못하는 상황을 경험해 본 적이 있는지 생각해 보고 이야기해 보세요.

> 실내화 주머니를 잃어버렸는데, 엄마한테 말하면 혼날 거 같고, 말을 안 하면 실내화가 없으니까 선생님께 혼날 거 같고, 이러지도 저러지도 못했던 적이 있어요.

해설

109p

1. 이야기를 잘 이해해서 원숭이들의 행동의 이유를 찾는 논리적 활동입니다. 문맥에서 이유를 찾는 활동은 오독을 막고 이야기가 제시하는 대로 이해할 수 있는 정독 습관에 도움이 됩니다.

2. 원숭이들의 행동이 얌체 같은지 비판해 보고, 그 이유를 설득력 있게 제시하는 활동입니다. 양립적 견해를 모두 견지할 수 있도록 두 의견 모두에 이유를 써볼 수 있도록 지도해 주세요.

3. 문맥적 의미를 고사성어로 해석하고 이해해 보는 창의적 활동입니다. 많이 쓰이는 고사성어를 이야기를 통해 자연스럽게 익힐 수 있습니다.

111p

1. 주인공을 이해하기 위해서 반려동물이 주는 이로움을 생각해 보는 활동을 마련했습니다. 경험을 통해 쉽게 추론해 볼 수 있습니다. 다양한 답이 나올 수 있으니 적합한 내용인지 살펴봐 주세요.

2. 이야기에 나온 내용을 잘 이해하고 있는지 확인하는 사실적 질문입니다. 쉽게 답을 찾는다면 더해서 원숭이들이 사실을 말하고 싶어 하는 이유도 찾아보도록 지도해 주세요.

3. 딜레마를 재미있는 만화로 쉽게 이해해 보고, 딜레마에 빠진 경험을 이야기해 보는 활동입니다. 쉽게 생각해 내지 못한다면 부모님이 먼저 딜레마에 빠진 상황을 이야기해서 비슷한 경험을 찾을 수 있도록 지도해 주세요.

간추리기1 · 112p

원숭이 말

원숭이들이 숭이아재와 있었던 일을 이야기하고 있어. 그런데 원숭이 말로 떠들고 있네. **무슨 이야기인지 사람 말로 바꿔서 말해 봐.**

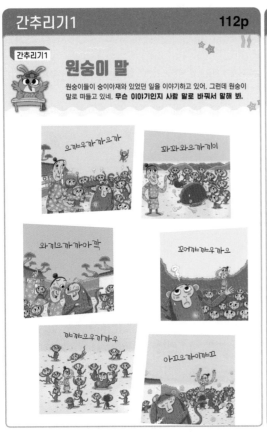

간추리기2 · 113p

마음먹기

먹이가 달라질 때마다 숭이아재와 원숭이들의 마음은 어땠을까? **먹이에 따라 달라지는 숭이아재와 원숭이의 표정을 그려 봐.**

짚어보기1 · 114p

숭이아재네

숭이아재의 아내와 아이들은 어려운 살림에도 원숭이를 돌보는 숭이아재를 보면서 무슨 생각을 했을까? **숭이아재와 가족들의 속마음을 생각해 보고, 써 봐!**

짚어보기2 · 115p

먹이 협상

도토리 일곱 개를 어떻게 나누어 주어야 할지 숭이아재의 고민은 풀리지 않았어. **좋은 방법을 생각해서 도토리 스티커를 붙여 봐.**

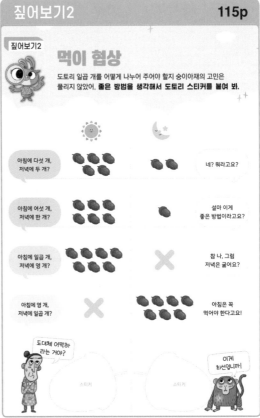

112p

이야기를 그림을 보고 정리해 보는 활동입니다. 어떤 내용인지 무슨 사건이 있었는지 말해 볼 수 있도록 지도해 주세요.

113p

등장인물의 마음을 이해해 보고 표정으로 표현해 보는 활동입니다. 먹이가 달라질 때마다 표정이 어떻게 달라질지 충분히 표현되면 좋습니다.

114p

숭이아재네 식구들 입장이 되어서 숭이아재와 원숭이들 사이를 어떻게 받아들이면 좋을지 고민해 보는 활동입니다. 그림을 보면서 다양한 입장에서 고민해 볼 수 있습니다.

115p

도토리 일곱 개를 어떻게 나누는 게 공평하고 지혜로운 방법인지 고민해 보는 활동입니다. 독창적인 방법을 기대해 봅니다.

짚어보기3   116p

짚어보기3
재롱잔치
원숭이들이 재롱잔치를 열어 숭이아재 살림을 도우려고 해. 어떤 재주를 보이면 좋을지 **광고지**에 들어갈 내용을 글과 그림으로 꾸며 봐!

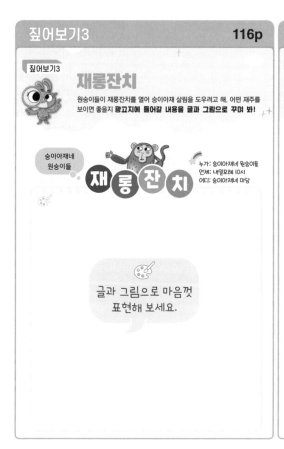

글과 그림으로 마음껏
표현해 보세요.

짚어보기4   117p

짚어보기4
소문과 댓글
숭이아재와 원숭이들에게 있었던 일이 신문에 났는데 댓글이 많이 달렸어. 댓글이 좋은지 싫은지 색칠해 보고, 빈칸에 답글도 써 봐!

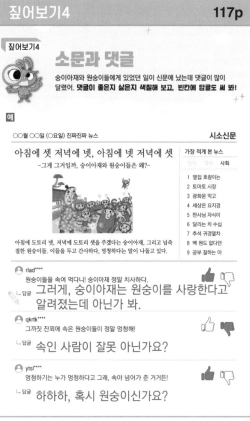

짚어보기5   118p

짚어보기5
전하지 못한
숭이아재와 원숭이들이 속마음을 담은 쪽지를 썼는데, 각자의 말로 쓰여 있네. 숭이아재의 것은 원숭이 말로, 원숭이 것은 사람의 말로 바꿔서 써 봐.

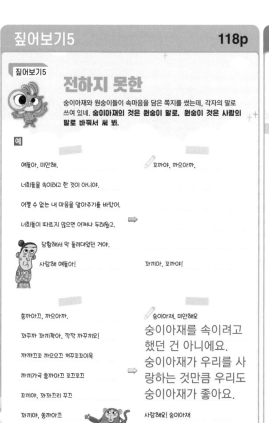

보고하기   119p

보고하기
일기
우두머리 원숭이는 어떻게 해야 할지 모르겠나 봐. 네가 우두머리 원숭이가 되어서 어떻게 하면 좋을지 일기로 써 봐.

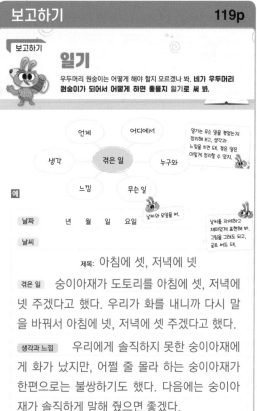

해설

116p

원숭이들의 재주가 무엇이 있는지 생각해 보고, 광고지에 어떤 내용이 들어가면 좋을지 꾸며보는 활동입니다. 글과 그림으로 마음껏 표현할 수 있게 해주세요.

117p

조삼모사 이야기가 알려진다면 어떤 반응들이 나올지 예상해 보고, 다양한 반응을 창조해 내는 창의적 활동입니다. 댓글에 답글을 달면서 재치 있는 반응들이 나오기를 기대합니다.

118p

숭이아재와 원숭이들의 속마음을 쪽지로 표현해 보는 활동입니다. 원숭이 말과 사람 말로 바꾸는 활동을 통해 재미있게 표현해 볼 수 있습니다.

119p

등장인물이 되어서 일기로 써보는 독후활동입니다. 제시된 지도 방법을 따라 체계적인 내용을 갖춰 일기를 쓸 수 있습니다.

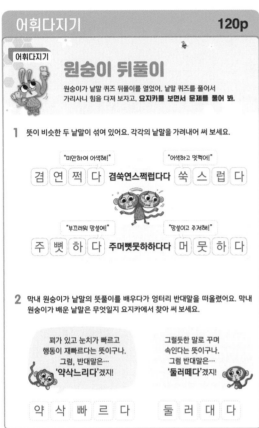

어휘다지기

원숭이 뒤풀이

원숭이가 낱말 퀴즈 뒤풀이를 열었어. 낱말 퀴즈를 풀어서
가리사니 힘을 다져 보자고. **요지카를 보면서 문제를 풀어 봐.**

1 뜻이 비슷한 두 낱말이 섞여 있어요. 각각의 낱말을 가려내어 써 보세요.

"미안하여 어색해!" "어색하고 멋쩍어!"

겸 연 쩍 다 **겸쑥연스쩍럽다다** 쑥 스 럽 다

"부끄러워 망설어!" "망설이고 주저해!"

주 뼛 하 다 **주머뼛못하다다** 머 뭇 하 다

2 막내 원숭이가 낱말의 뜻풀이를 배우다가 엉터리 반대말을 떠올렸어요. 막내
원숭이가 배운 낱말은 무엇일지 요지카에서 찾아 써 보세요.

꾀가 있고 눈치가 빠르고
행동이 재빠르다는 뜻이구나.
그럼, 반대말은…
'**약삭느리다**'겠지!

그럴듯한 말로 꾸며
속인다는 뜻이구나.
그럼 반대말은…
'**둘러떼다**'겠지!

약 삭 빠 르 다   둘 러 대 다

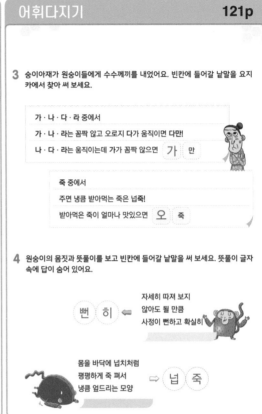

3 숭이아재가 원숭이들에게 수수께끼를 내었어요. 빈칸에 들어갈 낱말을 요지
카에서 찾아 써 보세요.

가 · 나 · 다 · 라 중에서
가 · 나 · 라 는 꼼짝 않고 오로지 다가 움직이면 다만!
나 · 다 · 라 는 움직이는데 가가 꼼짝 않으면   가 | 만

죽 중에서
주면 냉큼 받아먹는 죽은 넙죽!
받아먹은 죽이 얼마나 맛있으면   오 | 죽

4 원숭이의 몸짓과 뜻풀이를 보고 빈칸에 들어갈 낱말을 써 보세요. 뜻풀이가 글자
속에 답이 숨어 있어요.

뻔 | 히 ⟸ 자세히 따져 보지
않아도 될 만큼
사정이 뻔하고 확실히

몸을 바닥에 넙치처럼
평평하게 죽 펴서
냉큼 엎드리는 모양   ⟹ 넙 | 죽

해설

120~121p

요지카에서 다룬 어휘
를 다시 한번 문제로
풀어보면서 어휘력을
기를 수 있습니다. 요
지카를 보면서 문제를
풀 수 있도록 지도해
주세요.

MEMO

MEMO

✂ —— 자르는 선
········ 접는 선

1장
낙타 도둑

1. 자르는 선을 따라 가위로 오려서 네 조각으로 만들어 주세요.
2. 접는 선을 따라 안쪽으로 한 번 바깥쪽으로 한 번 접어주세요.
3. 풀칠한 후 같은 번호끼리 모퉁이의 색깔을 맞춰 붙여주세요.
4. 요리조리 접거나 펴면서 그림에 나오는 내용을 상상해서 이야기해 보세요.

③
풀칠

①
풀칠

④
풀칠

②
풀칠

✂ —— 자르는 선
········· 접는 선

① 풀칠
② 풀칠
③ 풀칠
④ 풀칠

가리사니 임명장

이름:

직책: 가리사니

위 사람을 이야기나라의 가리사니로 임명합니다.

20　　　　년　　　　월　　　　일

이야기나라의 가라사대왕

4

✂ —— 자르는 선
········· 접는 선

1. 자르는 선을 따라 가위로 오려서 네 조각으로 만들어 주세요.
2. 접는 선을 따라 안쪽으로 한 번 바깥쪽으로 한 번 접어주세요.
3. 풀칠한 후 같은 번호끼리 모퉁이의 색깔을 맞춰 붙여주세요.
4. 요리조리 접거나 펴면서 그림에 나오는 내용을 상상해서 이야기해 보세요.

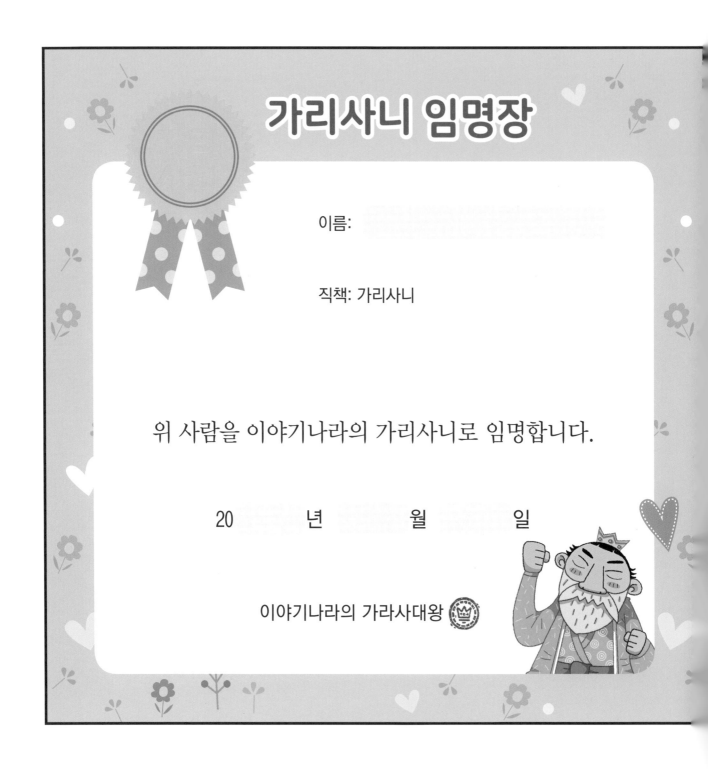

가리사니 임명장

이름:

직책: 가리사니

위 사람을 이야기나라의 가리사니로 임명합니다.

20　　　년　　　월　　　일

이야기나라의 가라사대왕

8

✂ —— 자르는 선
······· 접는 선

3장
욕심쟁이 할멈과 할아범

1. 자르는 선을 따라 가위로 오려서 네 조각으로 만들어 주세요.
2. 접는 선을 따라 안쪽으로 한 번 바깥쪽으로 한 번 접어주세요.
3. 풀칠한 후 같은 번호끼리 모퉁이의 색깔을 맞춰 붙여주세요.
4. 요리조리 접거나 펴면서 그림에 나오는 내용을 상상해서 이야기해 보세요.

✂ —— 자르는 선
········· 접는 선

① 풀칠

③ 풀칠

② 풀칠

④ 풀칠

11

가리사니 임명장

이름:

직책: 가리사니

위 사람을 이야기나라의 가리사니로 임명합니다.

20___ 년 ___ 월 ___ 일

이야기나라의 가라사대왕

✂ —— 자르는 선

········· 접는 선

4장
아침에 셋 저녁에 넷

1. 자르는 선을 따라 가위로 오려서 네 조각으로 만들어 주세요.
2. 접는 선을 따라 안쪽으로 한 번 바깥쪽으로 한 번 접어주세요.
3. 풀칠한 후 같은 번호끼리 모퉁이의 색깔을 맞춰 붙여주세요.
4. 요리조리 접거나 펴면서 그림에 나오는 내용을 상상해서 이야기해 보세요.

✂ ── 자르는 선
⋯⋯ 접는 선

① 풀칠

③ 풀칠

② 풀칠

④ 풀칠

가리사니 임명장

이름:

직책: 가리사니

위 사람을 이야기나라의 가리사니로 임명합니다.

20⬚⬚ 년 ⬚⬚ 월 ⬚⬚ 일

이야기나라의 가라사대왕

요지카 1 낱말등급 ★★★☆☆

ㅎㅅㅋ

세 왕자는 □□□ 낙타를 훔치지 않았다고 했어요.

요지카 2 낱말등급 ★★★★☆

ㄴㅆㅁ

세 왕자의 □□□ 가 대단하다고 생각했어요.

요지카 3 낱말등급 ★★★☆☆

ㅅㅈㅎㄷ

공평하고 □□ 하게 판결했어요.

요지카 4 낱말등급 ★★★☆☆

ㅈㄹㅂㅇ

뒷다리를 저는 □□□□ 인가요?

요지카 5 낱말등급 ★★★★☆

ㅁㅉㅎㄷ

모두 □□ 한데 오른쪽 뒷발 부분만 모래에 쓸렸어요.

요지카 6 낱말등급 ★★★★☆

ㅅㅅㄹ

엉뚱한 판결로 □□□ 잡을 뻔했잖아요.

요지카 7 낱말등급 ★★★☆☆

ㅂㄹㅂㄹ

상인은 □□□□ 낙타를 뒤쫓아 갔어요.

요지카 8 낱말등급 ★★★☆☆

ㅇㄲㄷ

하마터면 □□ 은 왕자들을 죽일 뻔했어요.

글자를
색칠해 보아요.

눈썰미

한두 번 보고 곧 그대로 해내는 재주를 뜻합니다.

siso 진짜진짜 독서논술

글자를
색칠해 보아요.

한사코

죽기로 기를 쓰고 한결같이 고집을 세운다는 뜻입니다.

siso 진짜진짜 독서논술

글자를
색칠해 보아요.

절름발이

한쪽 다리가 온전하지 못한 사람을 낮추어
이르는 말입니다.

siso 진짜진짜 독서논술

글자를
색칠해 보아요.

신중하다

어떤 일을 할 때 매우 조심스럽다는 뜻입니다.

siso 진짜진짜 독서논술

글자를
색칠해 보아요.

생사람

아무런 잘못이나 관계가 없는 사람을 뜻합니다.

siso 진짜진짜 독서논술

글자를
색칠해 보아요.

멀쩡하다

흠이나 탈이 없이 아주 온전하다는 뜻입니다.

siso 진짜진짜 독서논술

글자를
색칠해 보아요.

애꿎다

아무런 잘못 없이 억울하다는 뜻입니다.

siso 진짜진짜 독서논술

글자를
색칠해 보아요.

부랴부랴

매우 급하게 서두르는 모양을 뜻합니다.

siso 진짜진짜 독서논술

ㅁㅊㄱㅈ

옥구슬은 처음부터 없었던 것이나 □□□□ 예요.

ㅅㅅ

그럴듯해 보여도 □□ 이 없어요.

ㄷㅂㅇ

값도 싸서 □□□ 사 버렸어요.

ㅂ ㅈㅇ ㄱㅅㄱ

이런 경우를 □□□□□□ 라고 해요.

ㄷㄹ

우리가 산 것만 갖는 게 □□ 라고 했어요.

ㅂㄱ

아이고, □□ 가 아직도 얼얼해요.

ㅇㄹ

그깟짓 문제로 □□ 귀찮게 하는 것이야!

ㅌㄱㅌㄱ

서로 네 것이 맞다면서 □□□□ 했어요.

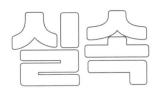

진짜 알맹이가 되는 실제의 내용을 말합니다.

진짜진짜 독서논술

서로 비교되는 것이 차이가 없이 거의 같다는 뜻입니다.

진짜진짜 독서논술

겉보기에는 먹음직스럽지만 맛은 없는 개살구라는
뜻으로, 겉만 그럴듯한 경우를 말합니다.

진짜진짜 독서논술

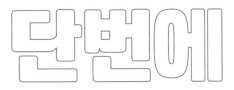

단 한 번을 뜻합니다.

진짜진짜 독서논술

궁둥이의 살이 많은 부분입니다.

진짜진짜 독서논술

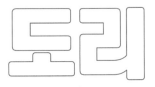

사람이 지켜야 할 바른 이치, 좋은 방법이나
길을 말합니다.

진짜진짜 독서논술

서로 뜻이 맞지 않아 말로 다투는 모양을 나타냅니다.

진짜진짜 독서논술

모양이나 성질이 이러한 모양을 말합니다.

진짜진짜 독서논술

20

| 요지카 **1** | 낱말등급 ★★★☆☆ | 요지카 **2** | 낱말등급 ★★★☆☆ |

ㅅㅅ

서로 눈치만 보는 이야 뻔하지요.

ㄴㄷ

날이 밝자 □□금을 그으며 뛰더라고요.

| 요지카 **3** | 낱말등급 ★★☆☆☆ | 요지카 **4** | 낱말등급 ★★☆☆☆ |

ㄱㅂㄹ

무슨 생각이 났는지 □□□ 소원을 말했어요

ㅊㅁ

산도깨비 □□에 거짓말을 할 수 없어요.

| 요지카 **5** | 낱말등급 ★★★★★ | 요지카 **6** | 낱말등급 ★★★★★ |

ㄲㅈㄱ

그래서 □□□, 바람대로 해 주었지요.

ㅊㄷㅁㅎㄷ

할아범이 □□□ 해 버럭 소리쳤어요.

| 요지카 **7** | 낱말등급 ★★★☆☆ | 요지카 **8** | 낱말등급 ★★★★☆ |

ㅊㅈ

약을 먹어 보고 □□을 해도 소용이 없었어요.

ㅈㄲ

산도깨비의 □□에 당해 억울하게 죽었어요.

글자를 색칠해 보아요.

몹시 빠르고 세찬 모양을 나타냅니다.

SISO 진짜진짜 독서논술

글자를 색칠해 보아요.

마음속으로 하는 생각이나 계산을 뜻합니다.

SISO 진짜진짜 독서논술

글자를 색칠해 보아요.

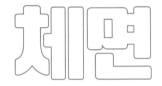

남을 대하기에 떳떳한 태도나 입장을 말합니다.

SISO 진짜진짜 독서논술

글자를 색칠해 보아요.

머뭇거리지 않고 그 즉시라는 뜻입니다.

SISO 진짜진짜 독서논술

글자를 색칠해 보아요.

참을 수 있는 데까지 참다가 더 참을 수가 없다는 뜻입니다.

SISO 진짜진짜 독서논술

글자를 색칠해 보아요.

별것 아니라는 뜻으로, 무엇을 포기하거나 용기를 낼 때 하는 말입니다.

SISO 진짜진짜 독서논술

글자를 색칠해 보아요.

별로 깊이 생각하지 않고 내는 쩨쩨하고 얕은꾀를 말합니다.

SISO 진짜진짜 독서논술

글자를 색칠해 보아요.

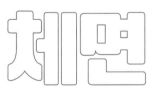

남을 대하기에 떳떳한 태도나 입장을 말합니다.

SISO 진짜진짜 독서논술

요지카 1

낱말등급 ★★★★☆

ㄴ ㅈ

저는 숭이아재에게 그냥 ☐☐ 절을 했어요.

요지카 2

낱말등급 ★★★★☆

ㅇㅅ뻐ㄹㄷ

사실 이건 ☐☐ 빠른 짓이긴 해요.

요지카 3

낱말등급 ★★★☆☆

ㄷㄹㄷㄷ

바보같이 엉뚱하게 ☐☐ 대는 것이 다 보였어요.

요지카 4

낱말등급 ★★☆☆☆

ㅇㅈ

살림이 ☐☐ 어려우면 저렇게까지 하는 걸까요.

요지카 5

낱말등급 ★★★★★

ㅈ뻐ㅎㄷ

숭이아재가 ☐☐ 하면서 말하는 거예요.

요지카 6

낱말등급 ★★☆☆☆

ㄱㅁ

이대로 ☐☐ 있으면 숭이아재는 나쁜 사람이 돼요.

요지카 7

낱말등급 ★★★★☆

뻐ㅎ

우리도 숭이아재 형편을 ☐☐ 알잖아요.

요지카 8

낱말등급 ★★★★☆

ㄱㅇ쪼ㄷ

숭이아재가 얼마나 ☐☐ 쩔을지 걱정돼요.

글자를 색칠해 보아요.

꾀가 있고 눈치가 빠르고 행동이 재빠르다는 뜻입니다.

siso 진짜진짜 독서논술

글자를 색칠해 보아요.

몸을 얼른 엎드리거나 망설이지 않고 선뜻 행동하는 모양을 나타냅니다.

siso 진짜진짜 독서논술

글자를 색칠해 보아요.

얼마나, 어느 정도까지를 이르는 말입니다.

siso 진짜진짜 독서논술

글자를 색칠해 보아요.

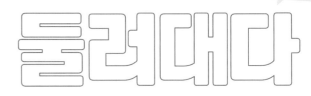

그럴듯한 말로 꾸며 속인다는 뜻입니다.

siso 진짜진짜 독서논술

글자를 색칠해 보아요.

움직이지 않거나 아무 말없이, 그냥 그대로를 이르는 말입니다.

siso 진짜진짜 독서논술

글자를 색칠해 보아요.

부끄러워서 머뭇거리거나 주저한다는 뜻입니다.

siso 진짜진짜 독서논술

글자를 색칠해 보아요.

쑥스럽거나 미안하여 어색하다는 뜻입니다.

siso 진짜진짜 독서논술

글자를 색칠해 보아요.

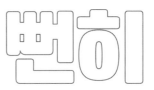

자세히 따지지 않아도 될 만큼 사정이 뻔하고 확실하다는 뜻입니다.

siso 진짜진짜 독서논술

p34

p38

p63

p79

땅을	욕심을
부리다가	할아범이

07

p115